THE

GIVEN

DAY

〔荷兰〕 高罗佩 著 张凌 译

天赐之日

上海译文出版社

# 《天赐之日》中译本序言

1967年，我的父亲高罗佩作为荷兰驻日本大使，在回国诊疗时病逝于海牙，享年五十七岁。当时我只有十四岁，已在海牙寄宿生活了三年，并未跟随父母同去东京。我虽然很珍视与家人在日本度假的回忆，然而忙于青少年初期的各种事务，还顾不上去理解和探究父亲怀有的热情，或是一生执着的东西。父亲去世之后，通过阅读他的著作、随笔、书信和学术论文，我才开始对他有了更多了解，并且心中时常涌起惊异与敬畏之情。我曾经反复读过他的几本书，尤其是狄公案系列小说，每一次重读都会有新的发现和收获，显然是由于我的思想随着时光流逝而日渐成熟。假如我和父亲在后来的岁月中有机会再度相见的话，相信我们一定会成为很好的朋友。

父亲所写的狄公案系列小说非常成功，曾被译成二十九种文字，在全世界三十八个国家先后出版，近期在中国又出现了一个新的中文全译本。对于新老读者来说，这一系列作品已成为不会过时的经典探案小说。狄公之所以能够与英国的福尔摩斯和马普尔小姐、法国的梅格雷一同跻身于著名侦探之列，一个重要因素便是中国明代背景下的精巧故事。几年之前，荷兰推出了新版的荷文本全集，出版社请我为每个单本写一篇导言。我很犹豫是否应该接受这一请求，因为父亲在后记中已经解释了许多细节问题，并且 1980 年前后出版的荷文本全集中还收录有扬威廉·范德魏特灵❶所作的精彩序言。在出版社的一力坚持下，我决定写出关于父亲创作每部小说的个人回忆，比如这一系列的第六部小说《漆屏案》（1958 年出版），父亲写作的灵感显然来自于一架四扇朱漆屏风，那是父母收藏的古董之一，曾伴随他们飘洋过海，走遍了各个外交任所；我们曾在家中养过几只长臂猿，而《猴与虎》（1965 年出版）中也出现了一只黑猿，在被狄公刻意诱导时抛下一枚金戒指，狄公随即发现戒指的主人已遇害身亡，左手的四根手指竟被齐齐切断！作为一家人，我们多少与狄公生活在一起，亲眼见证了他的种种遭际，以及如何开始一次次新的历险。

《天赐之日》创作于荷兰海牙，时间是 1963 年，之后

---

❶ 扬威廉·范德魏特灵（Janwillem van de Wetering，1931—2008）是一位荷兰侦探小说家，曾在阿姆斯特丹做过警官。他曾在日本京都的一家禅寺里学禅一年，后来将这段经历写入《空镜》一书中。

便是一个闰年。父亲在黎巴嫩和马来西亚连续任职七年之后，全家于1962年8月返回海牙，即荷兰外交部的所在地。一直等到1963年8月，父亲才被任命为外交部某个部门的主管。这将近十一个月的休假，使得他有充分的时间专心从事学术研究，同时继续创作狄公案小说。我们搬入位于胡弗街88号的一座宅院，父亲的书斋里摆放着所有藏书、中国画以及其他物品，陈设的方式与之前在吉隆坡等地时一模一样。他从热带地区回到寒冷潮湿的冬日荷兰，并在这里写出了《天赐之日》。

当我应邀为《天赐之日》中译本撰写序言时，我首先重读了这部小说，因为它显然与狄公案系列作品完全不同。在阅读的时候，类似的场景和回忆从我脑海中不断浮现，或是关于父母，或是关于全家居住在海牙的日子。令许多狄公案小说爱好者大为惊异的是，《天赐之日》的主角不是狄公，而是约翰·亨德里克斯，一个曾在荷属东印度（如今的印度尼西亚）工作与生活过的前殖民地公务员；故事发生的地点不是中国的古城，而是生机勃勃的阿姆斯特丹；插图不是明代风格的白描，而是带有超现实主义风格的几何图形，尽管其中仍然不乏裸女形象。莫非这部小说是一个尝试，运用不同的故事、人物和主题来实现向现代小说的转型？在许多方面，狄公正是父亲的化身，父亲与约翰·亨德里克斯又有哪些相同之处呢？他们具有共同的背景。我的祖父曾在荷属东印度皇家军队里担任军医官，因而父亲在荷属东印度度过了童年，并从此生出对东方文化的热爱。作为一名殖民地政府的公务员，约翰·亨德里克斯去荷属东印度工作，在太平洋战争和后来的印度尼西亚独立革命中失去了一切，随后返回荷兰，为了让自己与曾经的遭遇达成和解，为了"重建过去，发现现在"。父亲写作《天赐之日》时，正值工作暂停期间，他很可能驻足稍歇，抚今追昔并思考未来。

通过阅读此书，我们将会更加了解约翰·亨德里克斯。父亲并未将自己等同于这一人物，但是他们确实存在着一些共性。约翰·亨德里克斯乘坐出租车前往老运河88号时，曾有如下自述："我一向喜爱精细的手工技艺，正是因此，我喜爱台球、线描和打靶。"除了最后一点，其他方面皆与父亲本人非常吻合。他喜欢在俱乐部或咖啡馆里打台球，书中描写约翰·亨德里克斯第一次遇袭之后在酒吧间里观看两人打台球的细节便是明证。在狄公案系列小说中，我们见过许多幅线条细致的白描插图，都是父亲亲手绘制的。在《天赐之日》里，我们也会看到几幅线描画，不过与业已熟悉的明代风格插图迥异其趣，几乎是超现实主义作品，用线条与圆弧表现抽象的人脸或面具。

父亲很喜欢画画，起初想成为艺术家，沉醉于将概念化的形象转变为画面。我们并不清楚约翰·亨德里克斯究竟喜欢哪些"精细的手工技艺"，但是有一点是清楚的，父亲在第一次驻日工作（1935—1942）时，就学会了一门精巧的技术——篆刻印章，后来在重庆任职（1943—1946）时愈臻完善。小说中有一对惨遭杀害的母女，小女孩名叫扑扑，父亲在马来西亚养过的一只小长臂猿也叫这个名字。当时是 1962 年，小长臂猿的健康状况不佳，父亲在吉隆坡的旅馆房间里细心地喂养照料它，数月之后，它因患病毒性肺炎在迪克逊港❶死去，父亲为此非常难过。他给约翰·亨德里克斯的女儿起这个名字，足见多么喜爱那只小长臂猿，并且对它的离世感到多么悲伤，这与约翰·亨德里克斯失去爱女的心情是极其类似的。

《天赐之日》并不是一部随时用于轻松消遣的作品。扬威廉·范德魏特灵曾经说过："在你能够一口气读完这本书之前，必须先细细品味字句。"在发现其深层涵义之前，我重读了两遍。首先，这是一部惊险小说，约翰·亨德里克斯陷入黑帮的阴谋之中，黑帮不但从事贩毒和

---

❶ Port Dickson，也译为波德申。

凶杀活动，还诱骗女人去中东卖淫——即使六十年后，这些仍是受到世人关注的现实热点问题！其次，约翰·亨德里克斯在荷属东印度失去了所有挚爱之人和所拥有的一切，返回荷兰之后，必须重新找回自我。此书的核心之一是交织在故事里的禅道思想。扬威廉·范德魏特灵想必会说："如果你想要完全了解禅宗，那就去读《天赐之日》吧。"事实上，父亲在小说的注解中曾这样写道："禅常常被当作一种宗教或哲学体系。它并不是宗教，也不是哲学，而是一种达到拯救的方法——这种方法不能从书本上学到，只能从生活本身学到。"在《天赐之日》1984年英文本美国初版和1985年荷文本里，曾附有扬威廉·范德魏特灵所写的后记，其中的见解相当深刻，将约翰·亨德里克斯经历的苦难与禅学实践联系在一起。约翰·亨德里克斯被关入日本集中营后，曾受到宪兵上尉植田的折磨。在审讯暂停时，植田谈到自己的禅宗师父曾经提出的难题，以此来挑战约翰·亨德里克斯："融化富士山顶的白雪。"这是一件无法办到的事，因为富士山顶的白雪永远不会融化。日本投降后，植田遭到逮捕，即将被处决时，他将这一难题交给约翰·亨德里克斯去解答。约翰·亨德里克斯经历了一连串惊心动魄的意外事件，包括黑帮的凶残和女人的魅惑，当热水壶里的蒸汽扑面而来时，他终于在一瞬间达到了禅悟的境界，全部故事发生在二十个小时之内，发生在 2 月 29 日，即闰年特殊的一天里。《天赐之日》问世后，当时的荷兰评论家们忽视了这方面的内涵，纷纷发表负面评价，扬威廉·范德魏特灵对此提出了尖锐的驳斥。

狄公虽然笃信儒家思想，但是在查案时，常常要与佛法、僧人及寺庙打交道，对佛教持有保留态度，小心地避开重视佛教、承认佛教在社会与文化生活中的重要性的说法。从狄公案系列小说中，明显可见父亲对于东方各种宗教有着深入的研究。即使在《天赐之日》里，约翰·亨德里克斯也会读慰藉人心的佛教书籍，因为"佛教告诉我们活着就是受苦受难"。

不久之前，我们发现了一部父亲的手稿，作于 1941 年，名为《东皋禅师生平及著作》，之所以从未发表过，是由于太平洋战争的爆发而被搁置。后来，他又写出了一个有所节略的中文本，1944 年在重庆出版，限量发行一百册。❶ 在此之后，他继续搜集有关东皋禅师的新资料，显然有意进行增补，但是没能找到时间来最终完稿。东皋是一位中国僧人，经历了明亡之后的社会动荡，

---

❶　即《明末义僧东皋禅师集刊》。

于 1677 年东渡日本，成为著名的禅宗大师，并以多才多艺而闻名于世。禅宗发源于禅学，后来传播到日本各地，并出现多个派别。父亲以东皋禅师为引导，研究禅学在中国和日本的发展，终其一生都对佛教抱有兴趣。《天赐之日》来自于这种种努力，使他得以在当代背景下，将禅道与约翰·亨德里克斯的故事结合起来。

《天赐之日》的故事发生在阿姆斯特丹，其旧城区极富本地特色。我已在阿姆斯特丹生活了五十年，对这座城市非常熟悉，老运河，带有铁栏杆的桥梁，建有山墙和门阶的房屋，夜晚照亮的路灯，凡此种种都在书中有着生动的描述。因为海牙是荷兰外交部的所在地，所以我们以前回国时总是住在海牙，尽管如此，父亲还是经常前往阿姆斯特丹，或是去荷兰国立博物馆观赏丰富的中国艺术藏品，或是去跻身其中的荷兰皇家艺术与科学院❶。后者位于最古老的城区内，从中央车站一路步行过去，沿途有各种景致值得赏看，狭窄的街巷，运河上的桥梁，停泊的驳船和船屋，霓虹闪亮、美女摇曳的窗户，这些景象也都出现在《天赐之日》中。还有许多诱人的小咖啡馆，供应荷兰杜松子酒，木头柜台后面站着

---

❶　1964 年 6 月，高罗佩被授予荷兰皇家艺术与科学院院士的称号。

身形粗壮的老板，约翰·亨德里克斯曾数次逃入一间类似的所在，只为喝下一杯杜松子酒。

1963年，《天赐之日》荷文本初次发行，出版商范胡维（Van Hoeve）也曾推出过狄公案系列小说荷文本；英文本初次发行于1964这个闰年，属于私人版本，由马来西亚吉隆坡的艺术印刷社负责印制，该社也曾推出过三部狄公案小说的英文初版（《朝云观》《红楼案》《漆屏案》）。父亲为英文本与荷文本亲自设计了风格相同的封面。他一定花费了多年时间来考虑撰写这样一部小说，在其中可以融入一些不合于狄公案系列作品的因素，比如他曾读过的大量现代背景下的探案故事，两个台球爱好者的对话，第一人称的叙事角度，以及禅在约翰·亨德里克斯所有经历与挣扎中的重要性，长期形成的创作意图在此得以圆满实现。对于父亲来说，幸运的是上天赐予了他足够的时间，从而使这部久欲下笔的作品最终得以完成。

托马斯·范古利克

2022年4月，阿姆斯特丹

# 目　录

# 错误的地址

"这里的桥是不一样的,莉娜。爪哇也有桥,甚至也有运河从闹市区流过。但是在阿姆斯特丹,一座架在运河上的桥是不一样的。你看,这运河与桥梁在变化,它们随着每日的晨昏阴晴而变,随着每年的春夏秋冬而变。"

"我想还随着你的心情而变。"她镇定地说罢,将一绺乌黑的头发塞入被微雨打湿的红帽下面。此时仍是冬季,我们度过了白雪皑皑的一月,二月潮湿阴冷。她将两肘倚在小桥的铁栏上,低头俯视古老的运河,只见河流两岸立着冬日里光秃秃的树木,光秃秃的铁灯柱,一座座房屋的山墙又高又窄,笼罩在逐渐浓重的暮色之中。路上行人寥寥,沿着房屋低头匆匆走过。

忽然,她转过头来,一双又大又黑的眼睛直盯着我,沉思说道:"我们来这里只有六周时间,真是奇怪。似乎已经过了很久。这毛毛细雨一定连下了几个月,在爪哇时根本无法想象,季风吹来的时候,我们坐在前院阳台上,雨幕遮住了视线,连花园也看不见。你可还记得,我们……"说到这里，她的声音低了下去。

我当然记得。虽然迄今为止早已超过六周——实则已有许多年了。我记得那些雨天，还有烈日当空的晴天。我记得最初的日子，和最后的时刻——尤其是起始和终结，还有其间许多年月与昼夜。我记得这一切，因为我精心地重构这些日日夜夜，悠闲地从往昔中逐一挑选出来，正是因此，我才能做到丝毫无损细节地交换记忆，站在横跨运河的桥上，与身旁这个业已离世的女人进行交谈。

只听她叹息一声，满怀渴望地说道："我喜爱这些庄严的老房子，这些山墙和高高的台阶，还有古色古香的铁栏杆。你看，有些房屋似乎朝前倾斜，微微倒向河面。为什么我们必须要回来？"

我知道自己会如何回答。

"你从不属于这里，林奈特❶，我也同样不再属于这里。我的父母都已亡故，亲戚朋友或是过世，或是离去。只剩下我们两个人。亲爱的，我们在爪哇一定会过得很快活。"

那时你可有浑身一颤？我不知道，但是我确实记得你的肩膀紧紧靠着我的肩膀，就在这运河的桥上，在黄昏

---

❶ 莉娜是林奈特的昵称。

时分，二月的细雨中，我们是一对孤独的男女。

"我们别回爪哇去，"你开口说道，"就留在阿姆斯特丹，留在你的家乡。对于法律和其他所有事务，你都很精通，因此在这里也能谋生，难道不是吗？为什么要回爪哇？我已经开始讨厌那地方，再说艾菲……艾菲也死在那里。"

"为什么你想要留在阿姆斯特丹？我曾在这里追求艾菲，还曾与她同床共枕。"

为什么要对自己心爱的女人说这些话？为什么我要说这些伤人的言语，先是早年时这样对艾菲，后来又对莉娜？为什么要对我爱的女人说这些，况且她们都已不在人世？我想吸一口香烟，却发觉香烟已被打湿，于是将烟蒂扔进暗黑的河水里，抬手压低黑毡帽的边沿，竖起风雨衣的领子。天色尚未转暗，我的夜生活也尚未开始。莉娜还不会出现，艾菲也一样，但是艾菲或许会来得早些，因为今天是 2 月 28 日，是这个湿冷沉闷的二月的最后一天。很多年前，就在今天，我对艾菲说我爱她。当时我送她回家，站在灯柱底下，对她说出这句话。她朝左右迅速打量一眼，然后亲吻我，我们两人的面颊都被雨水淋得又冷又湿，她的嘴唇却是温热而润泽。没错，那时将近六点钟，周围没有行人，否则她不会站在灯柱下吻我。路边的时钟显示此刻是六点差五分。只需消磨一个钟头：这一个钟头之内，我必须恢复在白昼与黑夜之间的平衡。等到七点整，我将去一家俱乐部，与三个朋友共进晚餐，到那时我就安全了。我们会坐在壁炉边，围着一张舒适的角桌用饭。只需消磨一个钟头，喝一杯酒或许就能打发过去。

我走下拱桥，在鹅卵石上脚底一滑，差点跌倒在地，禁不住低声咒骂一句。透过蒙蒙雨雾，我看见街道前方的一扇门上微微发出红光，正是酒吧的招牌。

这是一家老式酒吧，室内很狭小，也很暖和，弥漫着一股司空见惯的味道，能闻出纯的斯希丹杜松子酒、潮湿的衣服、烟草与锯末。高大的木制吧台擦得干干净净，七八个人站在旁边，彼此挤在一处。这里没有椅子，因为没人会坐着。人人进来都是为了喝酒，因为需要喝酒，正如我此刻需要一样。我的两眼模糊，心也怦怦乱跳，遇上坏日子总是如此：有时我害怕自己会失去对过去的控制，思绪变得狂乱，或是无望地兜着圈子难以自拔。我看见在两只胳膊肘之间有个空当，一只是深蓝色布料，另一只则是粗糙的旧花呢，于是走上前去。

老板伸出汗毛浓密的大手，将一只高脚杯推到我面前，然后替那个蓝衣人又满上一杯，瓮声瓮气地说道："为什么今天就很特别？对我来说，今天并没什么两样。"

"因为明天会领到工钱，"蓝衣人说话的声音高而尖利，"对我来说，多拿一天的薪水。"

老板咕哝一声，冲我问道："要陈年的还是新近的？"

"陈年的斯希丹。"

"对我来说，只是多干一天的活儿而已。"穿花呢的人埋怨道，"要知道我的工钱是按月付的。下个月也是一样，扬！"

"你就不该抱怨，"老板酸溜溜地说道，"为市政工作，可是一份稳定的收入。况且等到你退休的时候，还会有一大笔退休金。"

"扬，等你退休的时候，"蓝衣人的声音仍是又高又尖，"可以给自己买一座真正的房子，而且是在富人区里！"说罢咯咯大笑起来。

烈酒散发出一股暖意，缓缓沁入我冰冷的肢体。我感到舒服了许多，总算可以放眼朝四周打量，刚一抬头，就瞧见大块头老板嵌在柜台与壁架之间，阔背后面摆着一排排闪亮的酒瓶。他生得一张红润的圆脸，胡须下垂，朝我的空杯里倒酒时，狠狠瞪了蓝衣人一眼。

另有一位来客讲了个笑话。我虽然没听明白，但也跟着众人一起大笑，随后喝下第三杯酒。为什么我要忧心忡忡？每个人不都过着双重生活吗？一面是日常现实，另一面则是想象中理应拥有的生活，或者可能达到的生活——倘若我们能够再鼓起一点勇气的话。第二种生活是重要的，因为我们在疑惑和焦虑时，需要它们来支持。我就是这方面的行家里手，足可自称为能够重建过去，因为这是我可以证明自己并非杀人凶手的唯一途径。我怎么会是杀人凶手？我厌憎暴力与残酷，怎么会呢？艾菲死了，小扑扑死了，莉娜也死了，但我只是犯了一些错误，并且试图弥补这些错误，就在晚上。

在白日里，我是一个性情沉静的前殖民地官员，过着沉静而有序的生活。我在蜂巢百货公司担任记账员。我的办公间很小，四面都是玻璃墙，我在分行整齐的账本上写下整齐的数字，这真是一项使人心平气和的工作，因为这些数字具有一个目的，一个概念清晰、固定不变的目的。到了五点半，我下班出门，回到平平常常的单身公寓里，翻看一阵晚报，直到房东老太太把一份平平常常的晚饭送到我的书桌上。当她走后，我拿起刀叉，另一种生活便开始了。有时是艾菲坐在对面，有时则是莉娜，小扑扑从没出现过，她向来与我们的爪哇保姆一起早早吃饭。我说着所有原本该说却从没说过的话，仔细聆听她们说的所有我本该仔细聆听的话。如今我拥有时间，拥有所有的时间。有时艾菲和莉娜没来，我就打开收音机，听一段精彩

　　　　　　　　　　　天赐之日

的音乐节目，或是读书：我常读内容严肃、抚慰人心的书，哲学类或是宗教类，尤其是佛教，因为佛教告诉我们活着就是受苦受难。我从不读历史书，因为历史书会让我觉得心里有种深深的空洞感，提醒我并不存在什么目的，从来没有这种东西。其他书则令人安慰，有助于我在独自一人、没有访客时消磨时间。我可以用一种冷静客观的方式来阅读这些书籍，因为其中的说法与我格格不入。或许是作者寄错了地址，或许是我收错了地址，二者皆有可能。对于此类状况，我总是抱着开放的态度。

在每月十五日和最末一天，我会去俱乐部，与三个朋友一起共进晚餐，这三人分别是医生、律师和记者。医生是个天主教徒，律师是个新教徒，记者多少居于其间，而我则是个非教徒。人人都想就一些无关紧要的话题发表一些无关紧要的议论，这一共同愿望将我们联系在一起，对于各自的私生活，我们则是知之甚少。

忽听有人大笑，我猛吃一惊，回过神来。墙上挂着一本沾有污渍的日历，老板伸手指在今天的日期 28 的下面，苦恼地说道："然后我就对那个坏脾气的混账家伙说，嗨，你看这儿，自己总能看清日期吧？"说罢移开手指，"但是那个……"

我没有听见他后面说的话。当他移开手指后，显出了一个硕大的数字，29。我吃了一惊，这数字在我眼前逐渐放大。忽然，我全身冒出冷汗。今年是闰年，因此二月有二十九天。今晚我不能去俱乐部里用晚餐，我理应独自一人，独自与那正在失控的过去做伴。

可鄙的恐惧令我觉得腹中作恶。我不能在这酒吧里发病，必须赶紧出门离去，于是努力保持镇静，问老板应该付多少钱，然后如数给他。我匆匆走开时，最后看了一眼，只见深蓝衣袖与花呢衣袖之间的空当消失了，我已被挤了出去。

一股冷风吹在我滚烫的面颊上。微雨已停，如今路上有许多行人，全都低头疾走。我也低头快步前行，将帽檐压得很低。显然没人想要多看我一眼：一个身材瘦高的男人，灰色的鬓角，灰色的眼睛，灰色的胡须——全是暗淡而素净的灰色。但是在暗淡的日子里，我必须小心翼翼，因为我会思绪狂乱，会变得面目狰狞，一道长长的红色疤痕横贯前额，那是由于一个日本看守曾用来复枪的枪托打了我一下，出手稍微重了一点。其他的伤疤则无关紧要，留在后背和四肢上，不会显露出来。

我不断朝前打量，想要找一条僻静的小巷，然而只看见前方的大街，车水马龙，人头攒动，灯火通明。思绪正在脑子里打转，而且越来越快，依照以往的经验，我知道只有一个法子能让它渐渐缓和下来，那就是对一些简单的事实进行冷静的评估，这样多少会有些用处。一个讨人喜欢的小伙子，已经在莱顿大学通过了毕业考试，在荷属东印度法律与阿拉伯语方面成绩优异，将被派去殖民地工作。他回到阿姆斯特丹，在父母家中悠闲度日时，结识了一位可爱的姑娘。她身材高挑，容貌美丽，刚刚完成家政学的学业。父母对姑娘表示满意。小伙子的父亲是个外科医生，说话总爱冷嘲热讽，母亲的性情则是模糊不明，与人总保持距离。双方父母相处得十分融洽。姑娘的父亲是个家庭医生，工作繁忙，却总是乐呵呵的，母亲是个平凡而现实的主妇。男方父亲细述诊所中发生的趣事，女方父亲谈论前来看病的穷人的种种麻烦。女方母亲称赞一个制作腌菜的新方法，男方母亲仔细聆听，态度彬彬有礼却含糊暧昧。小伙子向姑娘求婚，二人结为夫妻，然后双双前往爪哇。

在爪哇一个美丽的小城里，小伙子被任命为地区副主管。夫妻俩都是头一次来到热带，很喜欢那些发音轻柔、举止有礼的当地人。每天早晨，他们在自家草地上喝咖啡，清凉的露水打在穿着凉鞋的脚上，灰色的鸽群在房檐下的竹笼里咕咕吟唱。骑车去上班时，一路尘土飞扬，十分炎热，但是工作本身有许多乐趣，他喜爱工作，也喜爱一起工作的同事。到了晚间，天气重又变得清凉，两人在蚊帐里亲密地长谈，艾菲说起那些从小被灌输的单纯坚定的信仰，态度起初颇为羞涩，后来逐渐变得坦率。她把收藏在隐秘处的那本皮革装订的书拿给我看❶，显得十分胆怯，因为曾听我说过那主要是用来研究历史的资料。她父亲在扉页上写下："送给我们的伊芙❷，作为她的引导与慰藉。"我亲吻她，与她越来越亲密，并被她那平静的自信所感染。她做事安静而富有效率，将家务安排得有条不紊，把一本语法小册子放在装钥匙的篮子里，认真看书学习语言，当地人的家仆们听她说话时总是耐心而恭敬。正当我开始自问这宁静美好的日子是否就是生活所赐予的全部时，艾菲怀孕了。我们的女儿扑扑刚一出生，我就从她身上看出了艾菲的影子，那金色的鬈发，硕大而严肃的蓝眼睛，艾菲以前一定也是这么一个壮实的小女孩。生活似乎再次变得圆满而美好，偶尔出现纠缠不休的疑问时，我就努力工作，以此来消除它。在自己管辖的地区内，我时常四处旅行，做了许多社会学研究，并在晚间写下记录，一直忙到深夜，最终写成了一份研究报告《查禁鸦片及其

---

❶ 即《圣经》。
❷ 艾菲是伊芙的昵称。

相关问题》。这篇文章得到了巴达维亚政府的赞赏，常被引用在机构报告中。同事们预言我将会迅速升职。就在那时，报纸上的头条新闻开始谈论欧洲不断加剧的紧张局势。荷兰遭到入侵，随后被占领，我和艾菲常常议论遥远的阿姆斯特丹和我们的亲朋好友，因此再度变得亲密，却几乎不曾注意到另一种似乎很不真实的战争威胁正在渐渐迫近。日本人已经到了爪哇。

突然，我意识到自己在大声说话，连忙抬起头来。每当我在糟糕的日子里濒于临界点时，总是会这么做。此时此刻，我身处一条寂静的街中，行人寥寥，各自步履匆匆。每人都只关心自己的事。我的事是想方设法为自己辩护，即使是站在被告席上的犯人也有这权利，有权解释一些可以用来减罪的情形——比如日军登陆后一片混乱，我们的军事防卫不够完善，只能仓促应对并试图维护，与当地居民长期建立起来的关系突然崩溃，周围地区出现公开的破坏与暗中的杀戮。我不得不坐着军用吉普车四处奔波，两眼被房屋燃烧时冒出的黑烟熏得难受，飞机的轰鸣声震耳欲聋。莉娜睁着一双阴郁的黑眼睛，面颊上沾着鲜血。又有更多鲜血，艾菲赤身裸体，残缺不全的尸身躺在一汪血泊之中，散发出浓重的血腥气味。还有扑扑，只剩下一颗满头鬈发的小脑袋。

我停住脚步，大口呕吐起来，过后用手帕擦擦嘴，这条街空空荡荡，只有我独自一人。身后某处传来摩托车的声音，除此之外一片寂静。我虽然两腿颤抖，仍是努力走到街角，刚一转弯，只觉一股冷风猛吹在脸上，我立刻低下头去，将下巴抵在胸口处，忍不住跑起来，一步跨过三块地砖，然后是四块……就在这时，我看见正前方有一个小小的红方块，原来是一个皮夹，在街灯的照耀下发出红光。我弯腰捡起时，听见前面有个女人大声叫喊。我赶紧站起身来，将皮夹塞入雨衣的大口袋里。在灯柱上方，只见两个深肤色的男人，一高一矮，穿着浅色风衣，正逼近一个身穿深蓝外套、头戴红帽的女人。她刚刚抓起自己的手提袋击打过一个男人，那手提袋正在她的右手里，袋口敞开。她举起手臂，却被高个子男人抓住，于是又放声大叫起来。

　　从灌木丛中冒出几个男人，在我的汽车头灯的照耀下，白衣显得格外耀眼。我猛转方向盘，吉普车右侧的挡泥板撞到横在路中间的树上，只听一声枪响，接着是斯登冲锋枪的声音。"先生，你受伤了吗？"一股野兽般的狂怒涌上心头。我朝前奔去，抓住高个子男人的风衣翻领，依照在军队里学来的招式，将他击倒在地，然后转身再看另一个，但是那矮个子已抢先出手，右拳狠狠打在我的下颌处，眼前再度转为黑暗。

"先生，你受伤了吗?"

"没有，把那棵树从路面上挪开，快点。我必须……"我突然住口不语，脑中一片混乱。

我正在对一个身穿蓝色制服的人说话，而不是我们殖民地军队的绿色制服。一个阿姆斯特丹警察站在我的面前，在他身后，停着一辆白色小汽车，而不是绿色小汽车。绿色、蓝色与白色融合在一起，我不禁闭起两眼。

我只觉头晕目眩，试图弄清自己究竟身在何处，随即明白自己正躺在地上，肩胛骨紧贴着冰冷坚硬的路面。一只强壮有力的胳膊拉着我坐起来，我睁开眼睛，只见几步之外站着另一个警察，身穿一件皮夹克，看去十分魁梧，正与那个头戴红帽的姑娘说话。我试图看清周围，冲着扶住我肩膀的警察问道:"那两个穿风衣的男人在哪里?他们……他们……"就在这时，我看见那姑娘的脸，不禁大吃一惊，目瞪口呆。

"他们逃走了，先生。不过不必担心，我们总会抓住那两个混蛋的。这位年轻女士给我们详细描述了那两个人的模样，我的同事已经把消息发出去了。"

我想要点点头，猛然觉得下颌一阵抽痛，直传到头顶，然而与腹内的疼痛仍是无法相比。姑娘转过头去，路灯的光线正照在她苍白的脸面上。她就是莉娜，从阴间归来的莉娜，一双眼睛又大又黑，睫毛很长，还有那张鹅蛋脸，丰满而略显任性的嘴唇，都与莉娜一模一样。我不禁抬起两手，捂住自己的脸。

"你还好吗，先生？"警察关切地问道。我抬起头来，微微颔首。他扶着我站起，又递上我的帽子，说道："好笑的是我们跟踪了你一阵子，因为你看起来像个醉汉。"

"我那时觉得不舒服，有时会忽然头晕。"

"你要是头晕得再厉害些，恐怕就不能把那个混蛋打倒在地了！"警察欣然说道。我朝那边走去，一心想听见姑娘的声音。

"珍妮·温特。"大块头警官一边说着，一边在小本子上记下名字。姑娘看着我，面色紧绷，眼神警惕，与莉娜实在太像了，我不禁心里一阵抽痛。警官对她问道："你就住在这家小旅馆里？阿布街 55 号？"

姑娘点点头。我移开视线，转而望向空寂的街道。她并非后来面目扭曲、胸口撕裂、鲜血横流的莉娜，而是在那个闷热夜晚遇见的正值青春的莉娜，距离死亡还有很远。

我发觉大块头警官正在留神打量我。他向旁边的瘦子同事问道："他没有受伤吧？"见对方摇摇头，又对姑娘说道："小姐，你在哪里工作？"

"我是个护士。"她说出一家有名的医院。果然不出我所料，她的声音低沉而圆润。

"温特小姐，明天早上，你务必到总部来一趟。我们会给你看些照片，里面或许就有那两个人。我们收集了很多资料。十点钟方便吗？"

她点一点头，裹紧身上的深蓝外套。风已经停了，但是仍然很冷。我失去知觉不知有多久，猜测大概有十分钟。警察对我说道："你很走运，先生，并没有受伤。那些东方人经常随身带着刀子。能告诉我你的姓名和地址吗？"

我从胸前的衣兜里掏出身份卡片递过去，这样会更容易些。他一边在记事本上抄写，一边念出声来：约翰·亨德里克斯，1914 年 3 月 12 日出生于阿姆斯特丹，蜂巢百货公司记账员。后面是我的地址、公司电话与住处电话。他抄完之后，将卡片还给我，说道："如果我们需要你作证，会通知你的。"

"你们来得正是时候！"姑娘对我们三人说着，唇边露出微笑，但是眼神看去老练而机警，随后仔细打量着我，热忱地又道："非常感谢你，亨德里克斯先生。"

她转身朝 55 号大门走去。我看见铭牌上写着"扬森旅馆"，下面有一个白色的门铃按钮。她将手放在按钮上，扭头对我们三人说道："再次感谢各位，晚安！"

警车上的扬声器传出急促的说话声，大块头警官跳上驾驶座，对同事叫道："电车在莱泽街撞了一个人！"

"你们能不能也带我过去？"我开口问罢，摸一摸肿起的下颌，又说道："我觉得有点头重脚轻。"

"上车吧。"瘦子说道。于是我们都钻进车里，车子发动起来。

警笛不停鸣叫，扬声器里也一直传出声音，使我们无法交谈，于是我注意到了一个细微之处，颇觉困惑。温特小姐并没用手指去按门铃，而是按在门铃旁边。我是个远视眼，所以看得很清楚。或许她心情紧张，因此按错了地方，毕竟刚刚遭人袭击过，但是也可能是有意为之，像莉娜一样的女人，谁能说得准呢？我的头开始抽痛，思绪也再次变得狂乱，抬头一看，此刻正行至莱泽街的第一个十字路口。

"我能在这里下车吗？"

警官将车子停在路边，两眼紧盯着前方，只见一大群人围在一辆电车四周，售票员也在其中，正摇动双臂，大声解释着什么。"别紧张！"瘦警察对我说罢，警车开动离去。

一小群人站在街角处，朝停在街中的电车张望。

"他突然走到街道中间，当场就被轧死了。"一个穿着厚皮衣的胖子说道，"我亲眼看见的。"又惊恐地加上一句："不过没见出多少血。"

有时不会出很多血，有时会的。我穿过人群，走入一条小街，看见头一家咖啡馆便推门进去。只见餐厅里人多拥挤，弥漫着一股浓重的香烟和咖啡气味，我一路推推搡搡，直走到后边安静的台球室内。低垂的吊灯下，两张绿色的台球桌发出柔和的光芒。一张桌子已被两个穿衬衫的男士占用，周围再无旁人。我拉过墙角处球杆架旁的一把椅子，将我的湿帽子搁在对面一把椅子上。室内虽然暖气烧得很好，但我并未脱下雨衣，因为确实觉得头晕目眩、两腿打战。我坐了下来，满意地长吁一口气。

正在玩球的男人身材肥硕，面颊圆胖。这一杆只差了一点点，他不禁低声咒骂一句，将球杆重重放下，对我大声说道："外面警车叫什么？莫非出了事故？"

"不错，就在前面街上出了一起事故。不过我没亲眼看见。"

就在那个至关重要的晚上，确实出过一起事故，并且是我亲眼所见，就发生在我的面前。我坐在万隆郊区一家小旅馆的酒吧间里，光线昏暗，异常闷热。我已是筋疲力尽，制服紧贴在汗湿酸痛的后背上。墙上的挂钟指向十点一刻。酒保是个马来人，看去神情冷淡，即使日本飞机偶尔从头顶呼啸而过，也是漠然置之。我正在喝一杯温啤酒，准备过后出门，再度坐进吉普车里，在黑暗的乡间行驶一小时，就能返回家中。扑扑自然已经入睡，艾菲也一样。她在红十字会的一个流动队里工作，一天下来，想必也已十分劳累。

远处传来一连串枪声，在旅馆后方某处。我问酒保要些冰块，他耸耸肩头。我本该知道，当天上午制冰厂遭到了轰击。突然，门外响起叫喊声，门扇被人猛地拉开，一个女人冲进来，长长的黑发左右摆动，脚上的高跟鞋绊了一下，于是摔倒在门旁的两张椅子之间，正拼命想要站起，只见一个士兵冲入，头上没戴帽子，短外衣敞开，受伤的前额鲜血直流，看去面目扭曲。他抓住那女人的胳膊，举起弧形军刀，预备朝她头上砍去。就在那时，我已经拔出了手枪，扣动扳机，子弹的强力使得他朝后一仰，撞在门柱上，随即倒在地下。这时两个头戴白盔的宪兵进来，迅速查看过后，对我行了个礼，说这个士兵喝醉酒后，因为女人与两个同伴争吵起来，被打倒在地，脑袋磕在道石上，爬起来之后狂性大发，拔枪冲着两个同伴射出整整一梭子弹，过后又抽出军刀追赶那女人。此事不必再多做解释或是写出正式报告，这类事件如今到处都在发生。两名宪兵抬走了死尸，我帮助那女人站起，扶她坐在一张椅子上，为她要了一杯白兰地。酒保方才躲在柜台下面，如今重又现身出来。

她看去年轻漂亮，明显有印尼血统，不过肌肤白皙，略似奶油色，身材玲珑浮凸，透过印花细布裙装，可以看见里面的白缎胸衣与紧身裤。她用一双闪闪发亮的大眼睛打量着我，拿出一小块蕾丝手绢，轻轻揩擦脸上流血的伤口。

她毫不费力便看穿了我的心思，开口说自己名叫莉娜，就住在这家旅馆里。不断加剧的紧张心情，加上整整一天一夜没有休息，无处排遣的怒气使我对这个女人突然产生了强烈的欲望。我们一路上楼时，她随口说道："我必须警告你，我很累了，恐怕没法让你得到应有的回报。"

这就是莉娜，如此的随意。刚才在街上遇见的那个姑娘也是一样随意。忽然，我感觉脑子里仿佛出现一片空白，渐渐扩散，越来越大。我赶紧弯腰低头，将脑袋抵在膝盖处，免得自己昏厥过去，肿胀的下颌一阵刺痛。这时侍者进来，打台球的二人要了啤酒，我要了一杯黑咖啡，后来又加上一份火腿三明治。我点燃一根香烟，深吸了几口，或许胃里会舒服些。

两天之后，艾菲死了，扑扑也死了。她们被埋葬了吗？或许没有。我被关在战俘集中营里，莉娜声称自己是半个印尼人，因此未被拘捕。她不但让我得到了应有的回报，甚至还要更多。她定期前来探视，偷偷带给我日本香烟、维生素和药品。我需要这些东西。当时有些荒谬的错误使得很多人丢了性命，由于其中一个错误，我一次又一次遭到毒打和刑讯。亨德里克斯是一个很平常的姓氏，另有一个同姓之人为我方搜集情报，给日军造成许多麻烦，日本宪兵认定那个人就是我，想要从我口中探听出地下情报机构的人员名单和地点。我很明白他们的意图。但是，虽然我曾在一夜之间被任命为上尉，却与情报工作毫不相干，自然也无法答复他们。有时我实在受不了折磨，就编造出一些消息来，由此可以获得几周的缓刑，因为他们要去仔细核查我所说的情形是否属实，过后便会再度施以刑讯。但是我幸存了下来。当战争结束时，莉娜在集中营门口等我，怀里抱着一整条香烟，这次是英国货。我和她结了婚，请了病假，带她前去荷兰。两个月之后，我在阿姆斯特丹签约成为巡回法官，于是我们重返爪哇。

　　侍者将咖啡和三明治放在旁边，我端起杯子，一口气灌下整杯热咖啡，然后一边观看那两人打台球，一边吃着三明治。这一情景使我逐渐平静下来，那两人打球十分认真，并且技术精湛。尤其是那个胖子，打得一手漂亮的平滑击球。当他仔细盘算如何长击时，似是浑然忘我，一颗圆圆的大脑袋在绿色球桌上来回晃动，两眼略微凸出，让我不禁想起了金鱼，在小小的玻璃缸内，在绿色的水草间，脑袋也是这般晃来晃去。

我也得集中精力——决定究竟哪一样更重要，我的爱还是我的恨。我爱莉娜，爱她对我难以自制的、间歇发作的激情，屈服时近乎野兽一般的凶暴，对生活的兴致勃勃，以及令人感动的单纯幼稚。我恨她是因为她时常爆发的坏脾气会激起我可耻的怒火，还会使我莫名生出卑劣的嫉妒心，令我感到痛苦。另外，在艾菲与扑扑被杀一事中，她也负有一部分责任，此事总是横亘在我们之间。家里的仆人对莉娜又惧怕又轻视，虽然她肤色很白，他们仍是把她看作同等阶层中的一员。心情好的时候，她会送给仆人们丰厚的礼物，一旦心情不好，就会千方百计地找麻烦，并肆意辱骂他们，尤其是对那个英俊的童仆阿马特。但是我必须把所有事情按时间顺序排好，不能抢在前面，这一点非常重要。另一场战争开始了，这是一场奇怪而不真实的战争，叫做警察行动。民族主义者到处反叛，荷兰人的统治土崩瓦解。往昔的仇恨重又燃起，旧日宿怨得以了结，采取的方式则是黑暗中的挥刀一刺，或是空屋里射出的一记冷枪。持续的危险使得气氛紧张，我也变得暴躁易怒。但是莉娜变得格外平静，把自己缩进恐惧的外壳里。当她告诉我说有了身孕时，态度十分阴郁，甚至有些敌意。她在仆人面前装腔作势地大吵大闹，那副模样令人厌恶，但是当我说为了安全起见、她必须去泗水的一家医院时，她却断然拒绝，非要和我一起留在这危险之地。就在那时，我爱她达到了极点。

不久以后，一切都结束了。如今我必须格外小心，因为如今每一时刻，甚至每一秒钟都至关重要，我必须集中精力。我靠坐在椅背上，将两手深深插入雨衣的口袋里。侍者匆匆走过时，我又要了一杯咖啡。忽然，我的右手触及一个柔软的皮质物件，掏出来一看，是一个红色的摩洛哥小钱包。

我看着掌中的这个东西，不禁大吃一惊，忽然想起这是我在看见珍妮·温特之前，从人行道上捡起来的。珍妮·温特穿着深蓝色外套，头戴一顶红帽子，被两个穿浅色风衣的男子袭击。

我不能打开钱包。莉娜仍在附近。我从没打开过莉娜的手提包或钱夹，这种举动将是对她女性隐私的极其卑鄙无耻的侵犯，就像一个男人不看别的女人，甚至不看自己的妻子，却盯着莉娜一样难以想象。奇怪的是对艾菲就不一样。每当我需要一把钥匙，或是一点零钱时，我会理所当然地打开艾菲的提包或钱夹，无论她是否在场。我甚至从未想过此事，艾菲本人也没有想过。

我极力自持。这并不是混乱险恶的过去，而是简单明了、用以拯救的现在。我必须打开这个钱包，看看里面有什么东西，因为必须证明是否属于温特小姐所有。此物可能是一个行人遗失的，也可能是温特小姐抓起手提包击打高个子歹徒时，从手提包里飞出来的，必须将它送归原主。这一想法简单而符合逻辑，现在将会拯救我。

钱包里有三张十元的荷兰盾，还有一张身份卡片。我戴上老花镜，先仔细端详照片，惊奇地发现她果然酷似莉娜。这显然是在一家价格昂贵的照相馆里拍摄的肖像，不错，莉娜从不拍廉价的快照，甚至包括护照上的相片。我看着那工整的大写字体，刚刚平静下来的心情忽然又被搅乱："伊芙琳·范哈根，生于 1940 年 6 月 3 日，职业：演员。地址：老运河 88 号。"

这么说来，她张口就能撒谎，就像莉娜一样自然。卡片上的字迹变得模糊不清，犹如那个闷热压抑的午后，莉娜对我说出最后一个谎言时，一切也变得模糊不清。然而那真是一个谎言吗？午休时，我们谁也没有睡着，直挺挺地躺在潮湿的被单上，态度冷漠，浑身是汗。莉娜试图刺激我与她争吵，当她烦躁不安、感到害怕时，常常会这么做。我也神经紧绷，就像小提琴的琴弦一般，但是并未有所反应。在闷热的法庭里熬过了整整一上午，我太疲倦了。我们冲过淋浴，正无精打采地为了喝下午茶而穿衣打扮时，她突然随口对我说，她怀的孩子并不是我的骨肉。这当头一棒来得太过突然，令我震惊无已，说不出一句话来。她一边梳头，一边从镜中朝我偷偷打量，似乎对我的沉默颇为失望。

我们默默走入屋前的阳台，坐在藤椅中，俯瞰着花园。我把领来的手枪放在桌上，正在茶杯一侧，上头教我们这么做，已然养成习惯。因为叛乱已蔓延到本地区，就在前几天，我方一个军官被一名狙击手打伤。一个性情沉静的爪哇仆人将盛有蛋糕的银盘送到莉娜面前，随即退下，阿马特被辞退时，他已经来了。如今我必须将所有的事都弄清楚，每一秒钟都至关重要。莉娜拿起一小块蛋糕，靠坐在椅背上，小口咀嚼着，看去心满意足。我不能忍受她对我说出那些话之后暗自得意的微笑，于是转头去看花园。湿热的空气弥漫在园中，低矮的花木似是在颤抖。我定定望着篱笆，实则视而不见，还把几片褐色树叶模糊看成了阿马特的脸。就在那一瞬间，我心中闪过一个念头：她只是为了激怒我才撒谎，正如她想要激怒阿马特时，就信口说些关于他和其他仆人的谎言。我可能确实想过从树叶中伸出的东西是一根枯枝，但是不能肯定。其次还有一个问题，假设我分明看见阿马特的面孔闪过，并且认出那枯枝到底是什么，我有没有足够的时间抓起手枪、瞄准射击？我是一个神枪手，但是当时有没有足够的时间呢？我曾经无数次回想这一场景，但是此事一直是个疑问。只有两桩事实确凿无疑：曾经有那么一瞬间，我希望她死去；来复枪的子弹射入她的前胸。她死在我的怀里。

我两眼昏花，颤抖的两手中握着一张纸，努力看去，看见上端印着粗糙的印刷字体：伯特·温特，老运河88号。下面是一行工整的字迹，如同印刷体一般：最亲爱的伊芙琳。我已经无意识地展开了钱包里这张廉价的笺纸。我要抓住现在，安全的现在，于是继续读出下文：

> 你知道我是多么不愿打扰你，但是现在非如此不可，实在抱歉。尤其是昨天，我对你说过我很理解，也不反对你抓住这个到手的机会。但是现在，没有你的日子过了一天一夜，我觉得必须最后努力一次。因此我想说：求求你不要走！
>
> 你的，伯特

忽然，我为自己的行为感到震惊，按理说不该读这张便笺。我不禁又看了一眼写在左下角的日期：2 月 26 日。正是前天。我摘下老花镜，将钱夹塞进胸前的口袋里。我已经看过了这封信，那是无法可想的事。我想要思考伯特·温特，还有伊芙琳：关于前天，而不是很久以前在花园里那酷热的一天。

伯特·温特是与伊芙琳住在一起的男人，家在老运河 88 号。他们曾经住在一起，如今她已离开。莉娜并未离开我，这一点我必须承认，是我离开了她。

"好一记立杆击球！"胖子大声叫道。他专心注视着对手，那人正将三个球摆好，动作精确，令人赞叹。我也曾经是个打台球的好手，我喜爱精确的、控御自如的运动，以及法庭所采用的基于严格事实的精确推理。伊芙琳就是一个事实，千真万确的事实，一个穿着深蓝外套、头戴红帽的姑娘。她的情人却仍是面目模糊，让我试着通过推理来看个清楚。从他不加修饰的工整笔迹和成熟节制的措辞中，看得出他受过良好教育，可能戴着近视眼镜，因为其字迹有一种类似印刷体的清晰准确。他不可能十分阔绰，因为写如此重要的一封信，用的竟是从一本廉价笺纸簿里撕下的一页，如今我才想起伊芙琳的外套看去也并非崭新。伯特的文风虽然成熟，但是在某些方面一定还有些孩子气，因为印在信纸上的抬头有些笨拙——这是企图以低廉的费用来树立个人风格的行为。伊芙琳离开了他，不过不是为了阿布街 55 号的扬森旅馆，这一点我可以肯定。

我招呼侍者过来，说话声音有点过大，旁边那人打歪了一杆，胖子朝我投来责怪的一瞥。我感到很是抱歉，给侍者多付了一些小费，然后出门离去。

夜晚的街中熙熙攘攘，人声嘈杂。每人都有各自的目标，如今我也有了一个。我朝停在街角的出租车走去，对司机说道："请开到老运河 88 号。"

司机发动引擎，迅速加入车流之中。他的驾驶技术很好，我坐在后排欣赏他开车，看得津津有味。我一向喜爱精细的手工技艺，正是因此，我喜爱台球、线描和打靶，同时也喜爱精细的脑力活动：不受个人感情影响的、冷静机智的推理。我之所以从事记账这一工作，原因正在于此，其实我的退休金足够维持如今简朴的生活，并不需要去工作。我的情感生活是一团毫无希望的乱麻，因此必须寻求坚实的事物，抓住它来支撑自己。这一点也表现为我不愿与一些陈年之物分离，比如一辆老车，一把老枪，一件旧外套或是一顶旧帽子。这些老旧的、非常熟悉的东西能够帮助我，给予我极其需要的支持。在过去几年中，就在阿姆斯特丹的住处，偶尔想到要结束自己这阴暗的存在时，我总是畏惧退缩，是否也出于同样的原因呢？因为我害怕假如失去了身体，是否也会失去……？我不由自主地将手伸进侧兜内，那个铁皮管还在原处，自从军医将它交给我之后，就一直放在这里。当时日军正渐渐逼近。军医对我说道："务必小心服用此药。一片可以止痛，两片可以催眠。再多的话，就会让你睡得很沉，再也不会醒来。"后来听说他饿死在丛林里。我时常揣想，他自己是不是也随身带了这么一管药片。

司机开口咒骂几句，骂得生动而出彩，令我猛然回到现实中。汽车正缓缓行驶在运河边一条狭窄的街中。一侧是灰石砌成的道牙，高高耸起，另一侧是无防护的运河河岸，两辆车在其间难以并行。前方稍远处停着一辆黑色小货车，距离水边有几英尺远。

"前面就是你要去的 88 号，"司机低声说罢，回头看了我一眼，"我非得把车子倒回街角去不可，看见停在那边的货车了没？不知是哪个混蛋干的。"他驾车离去，虽然收了小费，调转车头时仍发出刺耳的声音。

这里靠近阿姆斯特尔河，是最古老的城区之一。尖顶房屋肮脏黑暗，唯有河岸边的一排铁灯柱发出亮光。86号是一家旧式药房，门上挂着一个木刻头像，一个裹着头巾的突厥人张开大嘴，露出长长的红舌头，通常称为"哈伯"。这是药房的传统标志，此时却使我隐隐感到不安，那一对硕大的黑眼睛似是紧盯着我，露出不怀好意的神色。我快步踏上五级石阶，走到 88 号门前。黄铜门环做成狮头形状，表面涂的绿漆已然剥落。我取出打火机，借着火光，打量门铃下方的住户名字。一楼是尼瓦斯公司，做进出口生意。这名字很熟悉，是爪哇的一家大糖厂。二楼住着一个裁缝和一个油漆匠。三楼住着三个化学系的学生，名字潦草地写在带有污迹的名片上，没有一人叫做伯特·温特。我转身打量暗黑的阿姆斯特尔河，一辆水警使用的小摩托艇正顺流而下，船顶发出光亮，看去阴森怪异，让我想起卡戎❶的渡船。这一场现实中的出行是否会走入死胡同呢？我忽然感到焦虑，意识到这一联系是多么薄弱，就在此时，脑中闪过一个念头：这里一定还有地下室。

我迅速走下台阶，再次回到街面上，看见石阶下面果然有一道狭窄的楼梯直直下去，通向一扇褐色的小门。我眯起两眼，急忙去看插在玻璃窥孔后面的名片，只见上面印着一行字：伯特·温特，法学学士。这正符合我对此人的猜测，一个大学生。我瞧了一眼露出地面半截的两扇

---

❶　卡戎（Charon）是希腊神话中冥王哈得斯的船夫，负责将死者渡过冥河。

窗户，厚厚的窗帘后面透出一线灯光。

我伸手按了一下门铃。大门立时开启，温特先生显然听到了出租车的声音，就站在门背后，正等待有人前来。

他的个头比我高，宽肩细腰，一头卷曲的长发，但我看不清他的脸面，因为门厅里的灯泡光线很强。

"你有什么事？"他说话的声音颇为悦耳。

"我名叫亨德里克斯，"我彬彬有礼地答道，"有样东西要交给范哈根小姐，交给伊芙琳，我……"

"进来吧，"他急忙说道，并未让我脱下外套，打开左边的一扇门，将我请入室内。这房间低矮而凌乱，桌上堆满书籍纸张，还摆着一盏装有绿色灯罩的台灯。虽是一间典型的廉价出租房，看去却温暖舒适，壁炉前有一只老式的圆形煤炉，里面燃着红热的炭火。

"坐吧！"主人说着，用手一指书桌旁的高背座椅，椅面用草编成。后面另有一张带软垫的扶手椅，他却不加理会，将一摞厚重的法学书推到一旁，半坐在书桌边沿，两脚踩在旧地毯上，显然不希望我在此久留。

他举止灵活优雅，像个训练有素的运动员，穿一身合体的褐色粗呢套装，越发显得身材健壮，看去三十左右，年纪比我预想的要大几岁，相貌英俊，留着短短的小胡子，一张大嘴显得十分诙谐，金色鬈发整齐地梳到一侧。他仔细整整笔直的裤缝，一双宝蓝色眼睛打量着我，两眼下方已有明显的眼袋，或许正是因此，看起来更显得老相一些。

　　我本想把帽子放在一叠笔记本上，想到帽子仍是湿的，于是改了主意，将它放下地面。最上面的一个笔记本摊开放着，用红笔醒目地标着分数，与写给伊芙琳的书信上的笔迹很相像。伯特为了挣外快，给学生批改作业。很久以前，我自己也做过同样的事。看来伯特确实需要外快，因为这房内没有一件像样的家具。一张凌乱的坐卧两用床，墙角处一个放厨具的架子，一组旧书架上摆满了廉价图书，除此以外再无其他。墙上挂着两张高更的画，是从周刊上撕下的复制品，两张电影明星的彩色照片，还有一张姿态迷人的芭蕾舞女像，我猜这都是伊芙琳挑选的。

　　主人递过一只打开的烟盒，我连忙道谢，这是上好的埃及进口香烟。他自行抽出一根，指尖染有尼古丁的污渍，被我看在眼里。此人是个运动家，然而技艺荒疏已久。等我点燃了香烟，他才随口说道："范哈根小姐不在这里。"

　　"哦，她当然要去工作！"我咧嘴一笑，笑得十分笨拙，"她告诉过我工作的地方，我本应去那里……"

我半身立起，本能地使出巡回法官的小伎俩。

"不，"他急忙说道，"她不在克劳德舞厅，她在度假。"

"这我并不知道，"我重又坐回椅中，懊悔说道，"本来应该先写封信才是。我住在海牙，与她多少失去了联系，这都是我的过错。她几时会回来？"

"再过两周左右。不过，如果换了我，我会先给她寄一张明信片，确认一下再说，亨德里克斯先生。"

他说话时略带一点口音，卷舌音 r 念得有美国味儿。

"好的，我会照你说的去办。哪里……"我左右打量，想找到烟灰缸。

他扫视一下书桌，然后跳下地来，迈着大步迅速朝烟囱走去，拿来一只碟子放在桌上，重又坐回原处，"对不起，烟灰缸不知弄到哪里去了。这该死的清洁女工……"说罢住口不语，盯着手中的烟头，又随口问道："亨德里克斯先生，你认识范哈根小姐很久了吗？"

"我曾经出国了一阵，与她的联系少了很多。两年前我们常常见面，一起上过课，学习一点朗诵、表演之类。"

"你也从事表演工作？"他发问的口气听去难以置信。我并不想责怪他，因为我看去实在不像一个夜总会里的演员，于是赶紧说道："不，我是个律师，为一家保险公司工作。不过我对表演很有兴趣，用来作为业余爱好。"

他听罢松了口气，微微一笑以示鼓励，又问道："是投资方面的兴趣？"

"不不，我喜欢那种气氛，一向乐意与艺术家打交道，可以令人放松自我，如果你明白我的意思。"

他立时就明白了。我是个有钱人，在演出结束后，可以让姑娘们享受一阵子，喝着香槟吃晚餐，然后在高级酒店里过夜。他回过神来，说道："我很抱歉伊芙琳不在。你想留个条子吗？"

"温特先生，转告她我会写信即可。"

"我一定办到。"

我想要再拖延一会儿，但又找不出一个合适的话题，于是抬手指着一堆法律书籍，说道："当你必须背会所有那些东西时，确实很无聊。不过后来我发现还是有用处的。"

"的确很有用处。"他表示赞同，转脸朝向门口。

我站起身来，与他一起走到门厅内。

"很抱歉打搅了你。"

"没关系。"他打开门扇，外面又在落雨。

"坏天气。"他说道。

"糟透了。"我们并未握手道别。

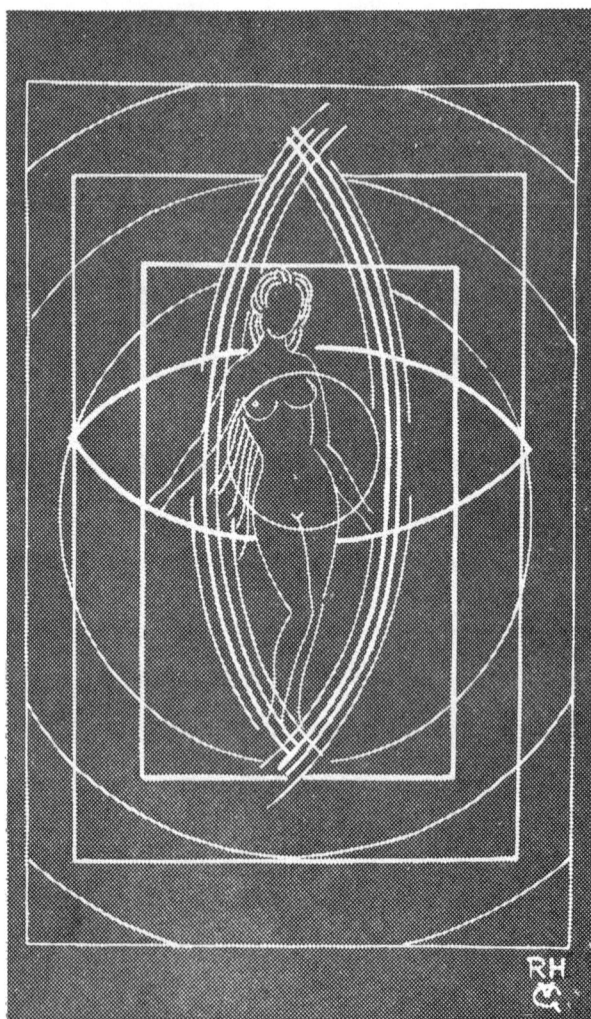

# 玻璃背后

外面又刮起大风，吹得雨水顺着脖颈灌入，我竖起风雨衣的领子，看见那辆小货车仍停在原处，模样十分老旧，车牌上沾满泥巴。

我顺着来时的方向沿街而行。下一条街中有许多小店，行人也更多。我信步走去，想要完成心目中伊芙琳·范哈根与伯特·温特的画像。既然伊芙琳在克劳德舞厅工作，她的身份卡片上又有"演员"的头衔，那就是说她是一个三流歌手或舞女。在人声嘈杂的大型舞厅里，当爵士乐团需要稍事休息、抽根香烟或是喝杯啤酒时，她们就会登上小舞台表演几分钟。夜总会老板将其骄傲地称为表演秀，然而光临此处的一对对男女只是为了相拥起舞、眉目传情，而不是为了观看这些节目。至于伯特，他是个衣着不太讲究然而态度严肃的年轻人，不吸烟，或是因为他不喜欢，或是为了省钱。但是他生性有些浪漫多情，因此才会与一个"演员"发生情感纠葛，还在墙上挂着高更的复制品。但是他在哪里？伊芙琳又在哪里呢？

这些疑问深深吸引着我，不但使我得以暂时摆脱过去、紧紧抓住现在，同时还生出一种模糊的感觉：关于从过去浮现的一些问题，伊芙琳会帮助我找到答案。不过，我得先找到她再说。

至于方才那个扮作好客主人的男子，我看得一清二楚。那个身穿昂贵套装、抽着埃及香烟、养尊处优的家伙，与穷学生住的房间完全格格不入。他和我一样也是外来之人，显然是个便衣警察。我差点撞上一个穿制服的警官，连忙开口道歉，又客气地询问如何去阿布街。他看看城区图，告诉我在下一个十字路口坐电车，就会到达附近街区。

电车里乘客满满，人声嘈杂，湿衣、汗臭与劣质香水的气味弥漫在其中。我一向讨厌拥挤的地方，总会觉得心情格外沮丧。但是此时此刻，我对这些人毫无反应，饶有兴致地听着他们说出的只言片语，司机讲出一个笑话时，我也跟着哈哈大笑。

下车之后，走不多远，就到了阿布街。我停在街角处，朝四下打量。两个男人打着雨伞擦身而过，向前走去，一个人骑着自行车迎面过来，猛踩着脚踏板。几辆私家车缓缓驶过，因为正在下雨。扬森旅馆附近并未停着警车，也没人在四周徘徊。迄今为止，警察只对老运河 88

号感兴趣。

我沿街走去，注视着两旁高大庄严的房屋。这些房屋修建得十分坚实，几乎全是四层楼，时间可以追溯到本世纪初，原是由富裕人家自住的，他们雇得起两个住家女仆。从铭牌上可以看出，如今所有房子都分割成了彼此独立的三四套，或是改为商业机构的办公场所。我经过一幢正对着扬森旅馆的灰石房子，硕大的青铜门牌表明此处是市议会的一个办公室，或许酒吧里那个身穿粗花呢外套的男人，就在此处上班挣钱。酒吧是不是离这里不远？我当时出门之后，并没注意自己走向何处。

扬森旅馆有几扇窗户亮着灯光，旁边外形一模一样的57号也有灯火。53号却是一片漆黑，一楼的两扇窗户没有挂窗帘，外面贴着一长条白纸，纸上写着"已售"两个大字。我抛下香烟，穿过马路，摁响了扬森旅馆的门铃。

一个老妇人出来开门，穿一身整洁的黑衣，两眼迷惑地看着我。我摘下帽子，客气地说道："太太，温特小姐告诉我她搬到了这里，我想……"

"这里没人叫温特小姐，"老妇人面露不悦，打断了我的话，"我从不收年轻的单身女人入住，只收已婚夫妻。"

须得说这规矩定得十分明智，但是对我毫无助益。

我犹犹豫豫地开口又道:"或许她说的是旁边那栋房子吧,因为……"

"不可能。57号是一座老年公寓,53号已经闲置三个月了。要我说真是丢人,如今明明房子奇缺。"她准备关起大门。

"你看见出乱子了吗?"我连忙问道。

门扇再次大开。

"出乱子? 就在这条街上?"老妇人急急问道,"刚才发生的?"

"不,听说大约一小时之前。再会了!"

这次却是由我关上大门。不必再去打探51号,那是一家工业研究所。我按响了57号老年公寓的门铃,看门人认出了我。出事的时候,他听见有人在外面街中说话,曾经透过窗子看见过伊芙琳、两个警察和我。后来事情平息下去,就在警车开走之前,他再度合起窗帘,因此也说不出伊芙琳究竟去了哪里。53号那幢空房是我最后的机会。我敢肯定她一定悄悄溜进了紧邻扬森旅馆的一幢房屋。当我和两个警察坐车离开时,她不能冒险穿过马路,或是顺着街道朝前走,那样可能会被我们看见。我又朝市政办公室走去,仔细打量53号。

如今天上飘着毛毛细雨,使我能看得更清楚。这幢房子只有三层，却隐隐透出一股富贵气息。高高的大门上雕刻着涡状纹饰，上方有老式的彩色玻璃遮篷，石板铺成的尖屋顶上竖起一只铁皮风向标。我着意窥视屋顶正下方的三扇小窗户，正中间一扇的黄色卷帘后面透出微光。既然这房子已经三个月无人居住，为何还会有灯光呢？莫非是照看房屋的人在里面？无论如何，我要看看里面的情形，因为这是我与现在保持维系的最后机会，但是需要转到后面去靠近观察，此时街上有更多车辆来往，立在此处已经很惹眼了。我走向与阿布街平行的下一条街道，动作得快一点儿，站在这儿半天，已是双脚冰凉。

每两座房屋之间有一条夹道，通往沿着一排后花园而铺成的小径。我一路搜寻，只见前两条夹道都用围栏封起，第三条却畅通无阻。我走上小径，在遍地垃圾中穿行，不费吹灰之力就找到了53号的后院，因为这是唯一一座三层楼房，上面还有风向标。二楼的法国式落地窗上挂着窗帘，后面射出明亮的灯光，如此看来，里面不可能是看管房屋者，而是有人住在其中。

二楼建有一道横跨左右的宽阔阳台，三楼的阳台十分狭窄，上面的两扇窗户也是一片漆黑。我打量一下其他房子的后院，大多数窗户都有亮光，有人甚至没把窗帘遮严。站在这花园后墙之间的暗处，我能看见他们，但是他们看不见我。

我推一推绿色的花园后门，发觉里面上了闩，所幸墙头并没有布满碎玻璃作为防护。我爬上去翻墙而过，53号的后花园并不大，只有一小片铺满碎石的地面，周围一圈荒草。右边角落处有一座工具房，一半位于阳台下方，前面横躺着一只旧油桶。我把那油桶扶正，踩了上去，攀到工具房的房顶，从这里很容易爬上阳台。我跨过铁栏杆，紧张地打量对面一排房屋，没见一扇窗户突然打开，也没听到有人高声叫喊，于是小心经过湿漉漉的木头地板，直走到距离最近的落地窗前，玻璃背后是红色长毛绒窗帘。我凑到近处，从窗帘的接缝处朝里窥视。

里面的景象不免令人失望：一个大块头男人瘫坐在一张扶手椅内，显得很无聊，灰条纹西装马甲的扣子敞开，头上戴的圆礼帽推到后面，露出宽阔平滑的前额，双手交叠放在膝头，两腿伸向一只电暖器。电暖器开的温度很高，作为外包装的纸箱放在一旁，可见是崭新之物。纸箱被临时用作桌子，上面摆着一只玻璃烟灰缸和一只便携式收音机。这些时髦电器与高大的老式壁炉形成了鲜明对比。壁炉用红色大理石制成，由两个白色大理石雕出的希腊裸女藉以支撑。裸女像虽然颇富魅力，却不能吸引那个男人。他面庞宽阔，脸色蜡黄，表情木然，两眼半闭，厚嘴唇间叼着一支并未点燃的雪茄，看去百无聊赖。

电暖器的另一旁立着一只空木箱，除此之外别无他物，至少在我所能看见的范围之内确是如此。印有金花图案的粉红壁纸污迹斑斑，几个深色方块表明此处以前曾挂过画，愈发显现出已然衰落的文雅气息。地毯已被揭去，露出光秃秃的木头地板。光线十分耀眼，想来在我的视界之外，屋子另一边必定亮着一盏大灯，或是一盏老式房屋里常见的水晶大吊灯。

那个男人衣着考究，不像是看房人，一定就是房主，到自己新买的居室里暂住一时，正等待家具运入。或许夫妻俩一道前来，因为我看见他手上戴着一枚硕大的金戒指。无论他是什么人，这房子一定归他所有，并且他有权显得无聊。我最好顺原路悄悄溜回去，衣兜里则装着一只无处归还的红色摩洛哥钱夹。

突然，有人在上方开口说话，喉音很重。我以为自己被三楼阳台上的人发现了，连忙将全身紧贴墙面，屏息静候，但是周围并没有动静。那声音再度响起时，我抬头一看，方才松了一口气，原来是阳台另一头的一扇气窗被推开。我蹑手蹑脚从窗下走过，那边的长毛绒窗帘拉开了几寸，如今我可以看见整个房间，精神陡然一振。

房内空空荡荡，正中央悬着一只电灯泡，没有灯罩，射出强光。两个男人坐在右边的旧沙发上，在他俩和那个大块头之间，只有一长条光秃秃的木头地板。我对面的墙上有两扇门，漆成乳白色，镶有金边。沙发上的二人穿着齐整的深蓝色套装，系着红褐色领带，正是在街中袭击伊芙琳的那两个深肤色男人。

小个子耸耸肩头，阴沉地说道："这是没办法的事，为什么我们不能出去一会儿？"

此人说着阿拉伯语，而且是埃及的阿拉伯语。我更熟悉爪哇的阿拉伯商人所说的哈德拉毛阿拉伯语。不过，我还在莱顿上大学时，曾在埃及度过暑假，想必能听懂他说的话。

小个子朝前蜷坐，两肘放在膝头，脸面平滑黝黑，双颊宽阔，下颌尖窄，两眼硕大，嘴巴小而鲜红，油腻的墨蓝色鬈发垂在低矮起皱的前额上。外套的腰身很细，裤缝笔直，一双褐色皮鞋却颜色过浅，近于灰黄，年纪大约二十五岁，就是他把我打倒在地。

另外那个瘦高男子曾被我打倒在地，此时靠坐在沙发一角，两腿交叉，双臂交叠抱在胸前，相貌英俊清癯，肤色并不像同伴那般黝黑，蓄着一撇短短的髭须，鹰钩鼻十分醒目，看去四十岁左右，比小个子年纪大些。他直直盯着电暖器旁一脸厌倦的男人，似在恍惚出神，正是一副沙漠居民的模样。他确实是典型的埃及贝都因人❶——须得说十分英俊。

小个子不耐烦地又说道："我们就不能再出去一趟？看看城里什么样子。"

高个子缓缓转过身，对他冷冷说道："莫克塔，你太紧张了，当初在法国你可不紧张，在意大利和德国也没这样。"

小个子面色更加阴沉，硕大的两眼闪闪发亮，像是变得湿润，撇一撇红嘴唇，说道："阿克迈德，我讨厌等待，尤其在这该死的又湿又冷的地方。"随后扬起下巴，指向屋子的另一头："全是那个胖子的错，这狗娘养的蠢货。"

"确实是菲格尔的错，"高个子附和道，"他听说吉布提号将在本月最后一天开向亚历山大，以为今天就能出发。谁知今年二月偏偏是二十九天，所以明天才会起航。我们别无选择，唯有等待。"

他说得一口优美的阿拉伯语，发音很精细，显然熟知并喜爱古典语言，出语之文雅与同伴的粗俗形成了鲜明对比。我觉得自己好像坐在剧院的前排看戏，面前是精心

---

❶ 贝都因人（Bedouin）是生活在北非与中东沙漠中的阿拉伯人，逐水草而居，以游牧为生。

布置的阔大明亮的舞台：电暖器前方的大块头处于最左端，坐在沙发上的两个男人处于最右端，中间空空荡荡，正等待男主角出场亮相——如果真有这么一个人的话。我不必查看节目单就已知道，戴着圆顶礼帽的大块头叫做菲格尔，高个子埃及人叫做阿克迈德，小个子叫做莫克塔。三人沉默许久，我也闭起两眼，因为有人在被暗中注视时，会有所感觉。

忽然，莫克塔又开口说道："我们出去再四处看看。"

阿克迈德拿起抽了一半的香烟，摁灭在二人之间的玻璃烟灰缸内，傲慢地说道："莫克塔，我知道你所说的四处看看是什么意思，不过这样做会有危险。这座房子属于菲格尔所有，虽不舒适，却很安全。你是个外乡人，又只会说一口蹩脚的英语，你一向乐意结交那些下三滥，谁知道会对他们说些什么？谁又知道他们会对旁人说些什么？"

话音落后，无人搭腔。我再次朝里张望，只见莫克塔歪嘴冷笑一下，眼中闪出两道凶光。阿克迈德并未注意，正直直望着前方，过后又字斟句酌地说道："我们必须在这里等米哈伊尔❶回来。我想确保不出意外。酋长也

---

❶ 原文为 Meekhaeel，这一拼法是模仿下文提到的迈克尔（Michael）在阿拉伯语里的读音，亦即后文里的米盖尔（Miguel）。

不想有意外发生。"

莫克塔迅速点燃一支香烟，看去十分紧张，开口斥道："我们不该在小事上浪费这么多时间。无论如何，那种货物很容易弄到。"

"对于菲格尔来说，显然并非如此。"

室内又是一阵静默。

我心里寻思阿克迈德说的是谁。对于读过经书的阿拉伯人而言，迈克尔是个熟悉的名字，只有信奉基督教的阿拉伯人才会用，比如黎巴嫩的阿拉伯人。我迅速转过头去，打量身后的房屋，只觉一线冷水流入衣领内，毛毛细雨不停地打在帽子和雨衣上。

"你能讲好几种语言，"莫克塔又说道，"你去问问那个胖子，吉布提号明天几时才会出发。"说完略停片刻，又随口加上一句："再问问他，我们为什么不能坐飞机回去。我们坐飞机去意大利，还去了德国。为什么回国非要坐船?"

阿克迈德久久打量着莫克塔，等他移开视线，才开口说道："我会把你的第一个问题转告菲格尔，但是不会转告第二个，因为这个问题并不相干。对于酋长的命令，不该提出质疑。"随后对那个面色厌倦的男人用很正确的英语说道："菲格尔先生，吉布提号明天几时起航?"

"哦?"菲格尔悻悻地看了阿克迈德一眼,"几时起航?早上十点。我们九点钟离开这里,因为黎凡特码头离得很远。"他说话时带有德国口音,取出一盒火柴,终于点燃了叼在嘴里的雪茄。

"你听见他的话了,"阿克迈德对莫克塔平静地说道,"我们的咖啡什么时候送来?"

"那舞女自然睡着了,懒婆娘!菲格尔为什么要带上她?莫非她还知道别的货?"

"自然不知道。莫克塔,你太紧张了。"阿克迈德从马甲口袋里掏出一只镀金烟盒,动作缓慢而从容,小心翼翼地挑出一根香烟,说话时并不抬头,"今天早上,你说了一句不中听的话,说我的妻子很漂亮,三天前在汉堡收集最后一批货物时,你也说过同样的话。你虽是个塞得港贫民窟里长大的流浪儿,但是总该听说过阿拉伯绅士不会提及彼此的妻子,更不必说议论她们的相貌了。既然我们都住在酋长的宅院里,你难免碰见过我妻子几回,但是你不该随便议论她。"

阿克迈德用一只金色打火机点燃香烟,吐出一串完美的烟圈。

莫克塔的两眼看去愈发硕大,眼白与深色皮肤形成惊人的对比。他想要开口,却又把话咽了回去,迅速转头去看最近的一扇门。进来的却是我在老运河 88 号见过的男子。

我心里一惊，想必要出大乱子！不过我很快便失望了。他只是朝坐在沙发里的两个埃及人挥一挥手，然后脱下厚重的褐色外套，挂在门板的钉子上，本想把褐色毡帽也挂上去，看见帽子在滴水，随即改了主意，仍旧拿在手中，朝菲格尔走去，将帽子放在电暖器前的地板上，站立在地，两腿靠近电暖器取暖。

菲格尔抬头说道："你去了很久，发现什么东西没有？"

"什么也没有。我仔细搜了一遍，正要出门时，忽然来了一个家伙，把我给绊住了。那人以前追求过她。我赶紧把他打发出去。菲格尔，你那辆老车真是糟糕，发动机有点不对头。"

他讲得一口流利的英语，如今我听出他无疑是个美国人。

"米盖尔，你自己修好了发动机？"菲格尔忧心忡忡地问道。

"这个自然。"

菲格尔点一点头。米盖尔朝另外两人大声说道："什么也没找到。"随即点起一支香烟，又对菲格尔随口问道：

"从那小子口中听到了什么消息？"

"没有，我明明对你讲过，她什么也没说出去，对不对？更别提那个傻瓜男朋友了。"菲格尔说话时暗带锋芒。

我的脑中闪现过一幅幅画面。伊芙琳与伯特被囚禁在此，落入这伙国际骗子的魔掌之中。我必须施以援手，帮助他们逃脱，必须……

第二扇门打开，伊芙琳端着一只托盘走入，用后脚跟灵巧地一踢，把门关上，然后走到菲格尔和米盖尔面前，将托盘放在纸箱上。米盖尔稍稍让开一点，她也站在电暖器前，身穿一件红褐色高领家居服，两手抄在衣袋里。菲格尔伸过手去，从托盘里端起一杯咖啡，米盖尔也依样而行。我立时留意到盘中还剩下两杯咖啡。

我完全惊呆了，茫然注视着伊芙琳，只见她弯腰拧开收音机，里面传出一曲轻柔的爵士乐。米盖尔递给她一支香烟，为她点上火。忽然，我意识到自己的脸正紧贴着窗玻璃，如果有人朝这边打量，就会看见我，于是赶紧闪到一旁，转过身去，将后背紧靠在窗边的砖墙上，两腿瑟瑟发抖。

伊芙琳看去艳光四射，面颊绯红，一双黑眼睛闪闪发亮。她也是这群古怪人物中的一员，举止轻松自如，显然心情愉快。我亲眼看到的那一幕街中争执，必是一时发发脾气，过后自然就平息了。这伙人很可能在做什么可疑的勾当，不过与我无关，我又不是警察，只是个插足其中的傻瓜而已。我理应顺着原路返回，将伊芙琳的钱夹投入这幢房子的信箱内，然后转回家去。我只觉腹中一阵难受，想必是由于还没好好吃过东西。类似这样一个荒谬的错误不可能真正影响到我，我……我不会是这样一个傻瓜。我又迅速转身，面朝窗户，满心希望会有什么事发生，任何事都可以。

我留神去看莫克塔，他正端着两杯咖啡朝沙发走去，阿克迈德仍旧坐在原处。莫克塔走路时迈着小碎步，看去有点女气，不过那轻快的步伐也可能暗示出他是一个训练有素的拳击手，虽然身材矮小，双肩却很宽阔，而且看去完全没有衬垫肩。他打在我下颌上的那一记直拳，不但很有力气，而且很有经验。

伊芙琳坐在木头箱子上，全身随着收音机里的音乐左右摇摆。那是一首拉丁美洲风格的乐曲，旋律轻快动人。但是菲格尔似乎并不喜欢，面色阴郁地盯着收音机。米盖尔缓缓啜饮了几口咖啡，右脚随着乐曲的节拍轻敲地面。两位希腊裸女疑惑地仰望着背负的重荷，好一个迷人的多国人士聚会，消磨一段时光真是妙极了。

伯特·温特拯救了我，尚且无人提起他，因此我必须再停留一刻。对于这个被伊芙琳抛弃、怀有浪漫倾向的热烈的年轻人，我怀有一种父亲般的好感，因此必须隔着玻璃再多看一阵这出好戏，如今是作为一个中立的旁观者，完全超然事外。

伊芙琳站起身来，略略朝上一提家居服的衣褶，跳了几个舞步，深蓝睡裤的阔边下面，露出一双穿着拖鞋的纤足，看去十分悦目。但是菲格尔与米盖尔都漠然置之，前者叼着熄火的雪茄，仍旧注视着收音机，后者又续上一支香烟，看来是个烟鬼。两个阿拉伯人在喝咖啡。我们都是中立的旁观者，菲格尔、米盖尔、阿克迈德、莫克塔和我。

伊芙琳一拧收音机上的旋钮，乐声骤然变大。菲格尔终于抬头打量，眼中流露出责备的神气。但是伊芙琳摇一摇头，伸手指指墙壁，显然是说墙很厚实，不会影响到扬森旅馆的房客，随后又指向落地窗。我连忙以最快的速度蹲身下去。

我蹲了半日，只觉又湿又冷，处境实在凄惨，终于决定在离开之前再看一眼。当我再度朝里张望时，不禁倒吸一口凉气。伊芙琳的红褐色家居服和深蓝色睡衣放在木箱上，人站在收音机旁，身上只穿着白缎胸罩和深蓝色睡裤，在明亮的灯光下，圆润的双肩与双臂显得异常白皙，腰肢纤细，胸臀丰满，看去与莉娜如此相像，这使我心里有了主张。她用亮晶晶的双眼打量着坐在沙发上的两个阿拉伯人，带有一种专注而审慎的古怪神气。阿克迈德正一心查看杯中的咖啡，莫克塔则摆弄着打火机，火苗忽明忽灭。菲格尔正盯着收音机出神，扬起两道眉毛，似是寻思这么一个小玩意儿，怎么会发出如此大声的音乐，米盖尔在用小折刀剔指甲。他们完全超然的态度，倒是有助于我继续保持中立旁观的立场。

伊芙琳弯腰对菲格尔说了几句话，仍旧随着音乐不停扭动。菲格尔耸耸肩头，转身对两个埃及人说了一个单词。我没能听清，但是莫克塔听到了，只见他对阿克迈德叫道："妓院的把戏！"

阿克迈德此时注视着伊芙琳，开口命令道："把它拿来！"

"难道我愿意睡在湿淋淋的床上？"莫克塔厉声说道。

"照菲格尔说的去做。"阿克迈德的声音很是阴郁。

莫克塔骂了一句粗话，将咖啡杯放在地上，霍然起身，消失在右边的门后。

我也理应离去。不知道接下来还会出现什么情形，不过我很明白无论出现什么，都不该再继续窥视。但我仍然留在原地。伊芙琳的嘴唇不停翕动，一定是在哼唱歌词，现在她正注视着菲格尔，目光几近温柔，但是菲格尔重又点燃了雪茄，冲着收音机不停吐出烟圈。他已将圆礼帽推得过于朝后，在我看来随时都可能掉落下去，厚密的发间显出缕缕银丝。

这时门扇开启，莫克塔重又返回，小心翼翼地抱着一大卷白布，有水珠滴在地板上。他走到菲格尔面前，问了一句什么话，由于乐声正响，我没能听见。只见菲格尔用雪茄一指最近处的门旁墙上的铁钩。

莫克塔走到门前，从右边衣兜里掏出一小卷线绳，用绳头绑住湿布的一角，原来是一条薄薄的亚麻布床单。只见他抬头打量钉在粉红色旧壁纸上的铁钩，又看看手中线绳的长度，似是犹豫不决。

"把它剪成两段！"阿克迈德大声说道。

莫克塔让光滑的线绳从自己指间溜过，姿态很是优美，两眼朝窗户这边瞧过来。我连忙闪到一旁，听见他大声说道："这绳子足够长了。"

我躲开的正是时候，只见窗帘忽然被拉开，灯光照到阳台上。过了一会儿，窗帘重又关合起来。

"非得这么弄，"只听莫克塔说道，"蹩脚的勾当！"

我听见他已走开，于是又朝里张望。窗帘中间紧闭，一侧的缝隙却扯开更宽。房间的右半边被遮住，灯泡发出的强光下，湿被单看去明亮耀眼，像是一幅电影幕布。正中央有电暖器发出的红光。右半边被幕布半掩。菲格尔仍旧瘫坐在扶手椅中，米盖尔却不见了。

相比之下，摆着沙发的左半边显得非常阴暗，但我仍可辨认出阿克迈德和莫克塔的身影，米盖尔如今坐在他俩中间。三人一动不动，我看不清他们的脸面。

幕布上出现一大团模糊的灰色，忽然缩小，变成一个轮廓清晰的女人剪影，两腿伸展，双臂举过头顶，腰身随着音乐的节奏来回摇摆。伊芙琳一丝不挂，正在贴近幕布跳舞。

我不禁暗自低语：莫克塔说得一点不错。这只是夜总会里的蹩脚勾当，类似脱衣舞。不过我也知道有所不同，这种艳舞开始在脱衣舞结束的地方。因为打湿的幕布既能遮掩，也能暴露，暴露出身体的所有细微之处，几乎纤毫毕现。当她靠近幕布摇摆时，甚至能看见肌肤发出的玫瑰色光泽。或是电暖器发出的红光为她晃动的肢体布下一圈光晕？唯有野性的放纵拯救了这一舞蹈艺术，使其不至于沦为骇人的下流行径。

"你正透过一幅帷幕观看，这布做的帷幕隔开了你和她的身体。不过还有另一重帷幕，就是玻璃，隔开了你和她的世界。"

我自言自语的声音过大了些，出于自我保护的本能，我赶紧转头去看沙发上的三人。他们全都抬头朝着幕布，一动不动。我又朝菲格尔望去，他也正抬头注视着伊芙琳，神情漠然，一如既往，不过他坐在幕布后方，眼中所见的应是伊芙琳的胴体。

突然，我感到一阵晕眩袭来。长期压抑的激情此刻突然迸发，将这双重帷幕撕得粉碎。欲火熊熊燃烧，曾经体验过的所有狂喜汇聚到一处，被这分享肉体的野兽般的狂怒愈发强化。我开始全身剧烈震颤，只得用手掌抵住窗玻璃藉以支撑，忘记了所有警惕，将脸贴在冰凉的玻璃上，体内的每一根纤维，都被幕布上那诱人的形体刺激得生动而活跃，就在此时此地，过去和现在有力地结合在一起。

音乐终于停止，裸女剪影也随之消散，成为一片模糊不清的灰色，幕布再度变为空白。我跪在地上，用湿漉漉的衣袖紧紧捂住嘴巴，努力抑制住抽泣。木板的锋利边沿勒入我的双膝，冷雨落在我的头顶。

过了不知多久，我四处摸索自己的帽子，然后踉跄站起，掸掸身上的雨衣，忽然觉得心境格外平和。我知道自己已找到了最终的答案。我以前对于生活的愿望是错误的，完全错误，如今算是找到了正确的、唯一的答案。在过去和现在之间，它划出一道清晰的轨迹，并且指向未来。

我冷静地打量室内。被单堆在地上，阿克迈德与莫克塔仍然坐在沙发里，莫克塔浑身松弛，阿克迈德垂下脑袋，两肘抵住膝头。米盖尔回到电暖器旁边，正用手帕擦拭指甲。伊芙琳身穿家居服，站在米盖尔旁边，大口吸着一支香烟，紧张地吐出烟圈。收音机里正在播放什么声明，菲格尔伸手关掉，正要再度坐下时，一眼看见壁炉旁的希腊裸女像，于是若有所思地将雪茄在女像圆润的小腹上摁灭，然后靠坐在椅背上，从胸前的口袋里掏出一只银色大烟盒，对米盖尔问道："你看怎么样？"

米盖尔耸耸肩头，让光线照在擦过的右手指甲上，开口说道："还不赖。"

伊芙琳转过身，对着米盖尔怒气冲冲地说了一句什么。但是菲格尔扬手示意一下，从新雪茄上咬下一小截，将其点燃，肃然说道："米盖尔说得对。"或许是他说话时提高了音量，或许是我的感觉此时格外敏锐，每个字都听得清清楚楚："是还不赖，但是对于阿拉伯的看客来说，也还不够好。他们并不介意在床上玩些花样，但是去看跳舞的时候，就是想要看跳舞。"又对阿克迈德大声说道：
"你觉得行不行？"

阿克迈德抬起头，缓缓答道："在贝鲁特可能还行。"
嗓音听去变得喑哑，失去了先前的饱满圆润："不过在开
罗不行，在大马士革和巴格达也不行。他们想看阿拉伯肚
皮舞。"

"你听见了吧？"菲格尔对伊芙琳说道。

"说得对，得是货真价实的肚皮舞，"米盖尔对伊芙琳
说道，"你最好去学一学，再把自己吃胖一点儿。在那些
地方，他们用体重来评价女人。"

伊芙琳并不理睬他，用德语对菲格尔问道："我可以
学会的，对不对？那里一定有教授这些舞蹈的老师。"

菲格尔连连点头，也用德语说道："不必担心，车到
山前必有路。"德语显然是他的母语。

伊芙琳重又露出笑容，系紧家居服上缀有流苏的腰
带，对着菲格尔和米盖尔点点头，朝门口走去，打开房
门，又冲阿克迈德和莫克塔挥手道别，随后消失了踪影。

米盖尔看看手表。"我也该走了。现在九点一刻，明
天我们码头上再见。"

"可别迟到。"菲格尔警告一句，恼怒地看着手中再次
熄灭的雪茄。

"我住的旅馆在海上公民堤坝❶，"米盖尔对他说道，"电话号码是 99064。来，我把地址和电话都写给你，说不定用得着。"

他摸索自己的墨水笔或是铅笔，我对此已经失去了兴致。真相皆已大白，他们是一群贩卖白奴的人，代表着中东和拉丁美洲这两个最佳市场，我本应立即想到这一点。我穿过阳台，走到将这幢房子与隔壁的研究所分隔开的砖墙前，踩着栏杆攀爬上去。墙头很是湿滑，离地也很高，但我并不在意，两眼望着头顶上的小阳台，伸手抓住两根铁栏杆，引身向上时，由于久未锻炼，只觉肌肉一阵酸痛，总算咬牙忍住，攀入锌板铺成的平台里。

宽阔的双扇窗户没有窗帘，低矮的屋内也看不到一件家具。窗内有个把手，用于操纵一根卷轴。要想破窗而入倒是不难，我以前在书里看过不下百次：将一张包装纸用软肥皂涂过，紧贴在窗玻璃上，然后朝里猛推。听去很是简单易行，只要身边总带着一张厚纸和一块软肥皂就能办到，但我此时并没有这两样东西。只见左下角处有一个小洞，延伸出两道裂缝，横贯整面玻璃。我掏出手帕，裹起手指，触到小洞边缘，极其小心地摇晃几下。随着一声

---

❶ 原文为 Zeeburgerdyk，位于阿姆斯特丹东部。

轻响，玻璃终于破裂，我拿掉了一大块，将它靠墙放好，伸手进去一拧把手，窗户就此开启。

我迅速穿过冰冷的房间，朝门口走去。外面是一个黑暗的楼梯口，唯一的亮光来自对面门上的气窗，左右两旁的气窗则是漆黑。伊芙琳一定住在有亮光的房间里，就是我从下面街中看见的阁楼。

我走到近前，轻轻敲门。

"是谁?"果然是她的声音。

我拿手帕迅速揩干脸面，又用手指将淋湿的头发朝后梳理几下，随即推开房门。

阁楼里半明半昧，十分暖和，弥漫着一股劣质香水的味道。伊芙琳坐在一张铁凳上，转过身来，将家居服的前襟拢紧，瞪大眼睛打量着我。我仍旧站在敞开的门旁，手里提着淋湿的帽子，水珠掉在地板上，发出滴滴答答的声音。

"又是你!"她开口说道，"把门关上。"

我再度转过身时，她已经站了起来，用手指指铁凳，于是我听命坐下。她坐在一张简陋的铁床边沿，这是房中唯一的家具。在我身旁，有三只箱子摞在一起，充当临时的梳妆台，上面放着几盒面霜与几小瓶香水，一只水壶和一个塑料杯。靠墙放着一面小梳妆镜，两旁各有一柄发梳。光亮从墙角的反射式加热器上发出，暖气开得很足。我恍惚看见墙上挂着一条无袖连衣裙和几件女装。

伊芙琳率先开口，急切地说道："我可以解释这一切。"她低头靠近我，又低声迅速说道："没有出什么乱子，你在街上看见的一场争执，只是一点误会而已。"

我和她如此接近，甚至闻到了她的发香。没有什么东西再将我们隔绝开来，没有幕布，也没有玻璃窗。

"范哈根小姐，你正在与一伙歹徒打交道。"我和缓说道，"菲格尔可能答应过带你去中东旅行，但是一旦到了那里，你就会被卖进妓院，再也无法回到阿姆斯特丹了。"

"先生，你一定误会了！"她的声音听去非常友好且令人信服，"菲格尔先生是黎巴嫩几家出口公司的代理人，为了签订新合同，他在欧洲四处旅行，目前正准备回国。你看见的那两个埃及人是他的助理。你被人打倒在地，我表示非常抱歉。事实上那两个家伙刚刚去过一家酒吧，就在回来进门之前，开始对我动手动脚，我便发起火来。我对警察报了个假名字，确实很不应该，不过我知道菲格尔先生不喜欢被人盘问，当时这么做更为简便易行。你可以去找菲格尔先生问明一切，他就在楼下。"她冲我微微一笑，模样很是迷人，面颊被电热器的红光映照着，一双大眼睛闪闪发亮。"菲格尔先生不可能把我卖掉！我们相识在我工作的地方，我对他说想要去周游世界，他便雇我做他的秘书。你一定是听到了不实的消息，你们警察局里想必有人弄错了。"

谈话没法继续下去。

"弄错的人是你，范哈根小姐，"我疲惫地说道，"我并不是警察。"

她耸耸肩头，显得很不耐烦。

"你自然不是一个普通警察。你属于特殊部门，外籍人员登记处。"

"不，亨德里克斯是我的真名，我是个记账员，在蜂巢百货公司工作。"

"好吧，如果你想要这样，那就……"她忽然住口不语，对着我上下打量一眼。我看见她黑色的瞳仁里带有褐色斑点。我与她目光相接片刻，她又缓缓说道："我相信你，不过你为什么要到这里来？"

我从衣袋里掏出红皮夹，递到她的面前。

"因为我想要把这东西还给你。"

她把皮夹随手放在床上，甚至没有多看一眼，说道："里面有我的地址。你为何不送到老运河去？"

我将铁凳朝后一推，以便能使酸痛的脊背靠在墙上，又把帽子放在地下，掏出烟盒，递给她一支香烟，为她打火点燃，再替自己也点上一支，这才开口说道："我无意中看到你并没有按扬森旅馆的门铃，后来又看到这栋空房子的阁楼窗户里透出亮光，于是想到你可能就在这里，或许藏在这里。在你钱包里找到的身份卡片，证明你给警察报了假名。我之所以来这里，是以为你遇到了麻烦，或许需要帮助。"

她缓缓点头，吸了一口香烟，问道："你怎么会知道菲格尔？"

"我不得不从房子后面爬上来，经过下面一层的阳台时，稍稍停了一阵，听到了菲格尔和那个米盖尔的几句谈话。"

她默默吸烟，半晌后斜睥我一眼，冷冷说道："我知道要想在蜂巢百货公司工作，必须有过硬的资格，但还不知道他们会要求记账员是翻墙入户的行家。我不能十分确定你就是自己声称的那样，但是无论如何，我必须告诉你实情。你特意费心费力来帮助我，我不想让你以为我毫不感激。"她伸手过来，在自己的面霜盒盖上摁灭了烟头，我又闻到了她的发香，还有身上的气味。她将两手抄入家居服的口袋里，仍然平静地说道："我刚刚告诉过你，菲格尔确实是个商人，但我并不是他的秘书。我连拼写都常常出错！我会在时髦的地方唱歌跳舞，只是并没有出色到可以去任何地方。菲格尔除了从事其他事务，也经营娱乐行业。几个月前，我在克劳德舞厅跳舞时遇见了他。他说自己住在黎巴嫩，我就半开玩笑地问他能不能为我安排一次中东旅行。他给我一个贝鲁特的地址，让我寄给他一张照片，然后再看能做些什么。我就寄了一张照片给他，类似心血来潮时随手买下一张彩票。上周他回到此地，对我说已经安排好了，我可以与他同去亚历山大，自己不必花一分钱。"

她默然半晌，看着我似有所待，见我并未议论一句，耸耸肩头，接着说道："我预备离开此地六个月，去外面四处看看，若是运气好的话，还能省些钱。你也知道那里出产石油，当地人很有钱，而且不像阿姆斯特丹夜总会里的观众那么挑剔！等我回来的时候，再看为我的男朋友能做些什么。他是个大学生，听说我要离开此地时，他非常难过。菲格尔也认识他，还在今晚早些时候请他吃饭，并稍稍安慰了他几句，告诉他自会一切顺利。"

"不会一切顺利，"我开口说道，"我的警告仍然有效。我以前去过那些地方，也知道那些酒吧、夜总会和其他不可告人的去处，他们从希腊、意大利或是法国南部招募白人女演员，但是不包括阿姆斯特丹。我不喜欢那些地方有你的照片。是一张肖像吗？"

"不是，"她镇定地说道，"不只是一张肖像。"

"果然不出我所料。这就是说菲格尔把你的照片给当地一些有钱人看过，有人愿意买入。"

"我在阿姆斯特丹能好好照顾自己，"她生气地说道，"看不出为什么去了东方就不能。"

"你根本不知道自己在说些什么。东方人活在另一种道德观念里，女人仍被看作是奴隶，并且被当作奴隶对待。没人会动一根指头来帮助你。"

她咬紧下唇，皱起眉头，忽然神情一变，绽出满脸笑容。

"亨德里克斯先生，你虽是个陌生人，但是我相信你的坦率和诚恳。今天晚上，我会仔细考虑你的建议。你对我这么有兴趣，也让我感到受宠若惊。你为什么不脱下那件湿衣服？在等它晾干时，我们可以谈论一些更为愉快的话题，比即将沦为白奴的姑娘要好得多。比如说谈一谈你自己，我很想听听。楼下那几个人以为我已经睡了，因此不会来这里打搅我们。"

她说话的语调比措辞更为动人，然而我深知这只是开头，并且不想以如此随意的方式让此事发生，于是起身说道："如果你决心听从我的建议，我以后自会把一切都告诉你。"接着掏出钱包，在名片上写下我的电话号码交给她，又在一张旧账单上写下 99064，为自己留个底，正如米盖尔所言，说不定用得着。我又问道："如果你想要离开这里，即刻就能办到，对不对？"

"当然，我所有的东西都装在这三只箱子里，"她也站起身来，问道："如果明天一大早我打电话给你，你会来这里接我吗？"

"我会的，我有一辆大众牌轿车，虽然很旧，但是还能用。"

她凑上前来，轻轻吻我一下，随即退后一步，冷静地说道："你最好从前门出去，我想更安全也更容易。"走到门口，又低声说道："你等一等，我先下去，确认周围没人，完全没必要弄出尴尬的事情来。"

她轻轻关上房门，我在床边坐下。我已经很久没有在女人的床边这样坐过了，心中不由生出一种庄严的亲切感，在帷幕被撕裂、现实被发现之前，我没能在重建过去时对其做出正确的估量。在很多年里，我曾经把很多事视为理所当然，这些事也需要重新估量，至少用其他方式来进行表述。

她闪身进门，略微有些气喘，低声说道："一切顺利，我把耳朵贴在客厅的门上，朝屋里偷听了一下，他们还在不停地说话。再会了！"

她递过我的帽子，又把一个冰冷的金属片放在我手心里。

"这是一把多余的钥匙，即使你用不到，也留作纪念好了！"

她将我推到外面，无声无息地关上房门。

我轻轻走过楼梯口的木头地板，朝着尽头处的窄梯而去，略停片刻，侧耳倾听，房子里十分寂静，只听到下面街中一辆卡车驶过的声音。楼梯上没有地毯，因此我得格外小心，免得弄出响动来。

下面一层的楼梯口十分阴暗，但是外面的街灯透过哥特式窗户的彩色玻璃照入，落在壁龛里的罗马皇帝大理石胸像上，使其严厉的面容看去柔和了许多。房间里的大理石人像可能也是罗马女人，而并非希腊女人。以前的住户想必很有修养，喜好文艺复兴时期的艺术，这一点令人愉悦。

我穿过厚地毯，朝楼梯一头走去，中心柱由巨大的橡木制成，顶端雕出一个真人大小的双面神雅努斯头像。我抬手触及它的鬈发时，遭到了重重一击。

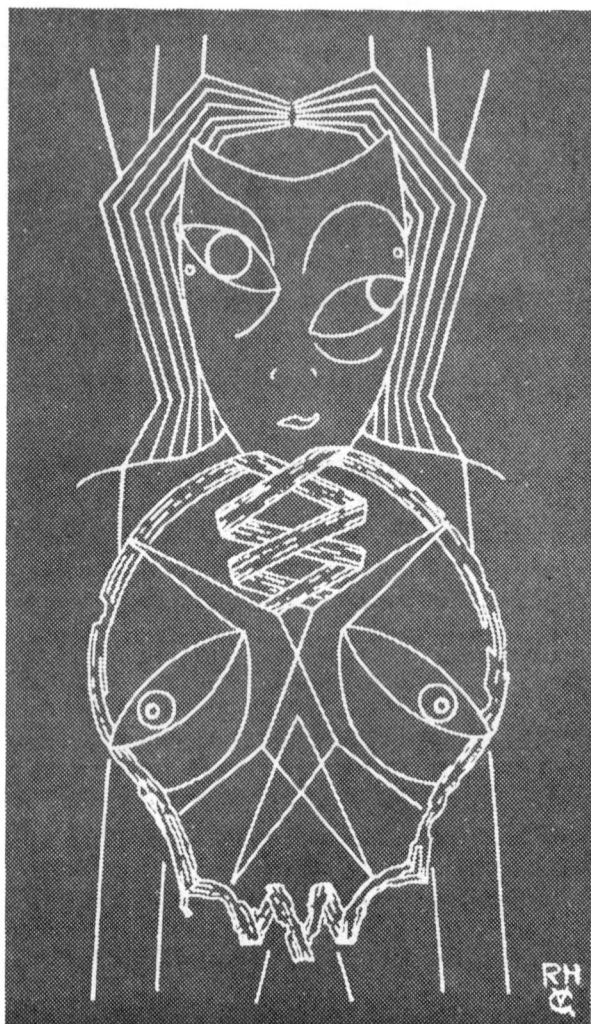

# 富士山顶的白雪

　　此处冰冷黑暗，我只觉肺部十分疼痛，耳朵里嗡嗡直响。我想要扯下蒙在脸上的软软的东西，但是双肩一阵刺痛，心知两条胳膊已不复存在。那蒙住眼睛、令我窒息的东西被稍稍移开，冰冷的空气立时像刀子一样扎入肺里。那是一把手术刀。我正躺在手术台上，四肢都被捆住。我想要叫喊，告诉护士麻药并没起作用，但是一切都变得模糊不清。

　　我苏醒过来，觉得头痛欲裂，拼命喘气。空气厚重并夹杂有尘土，不再像一把扎入肺里的刀子。我开始咳嗽，体内血气上涌，肿胀的眼球似乎要从眼眶中迸出，前额的伤疤突突跳动，好像也要裂开。我意识到两条胳膊还在，只是被捆在背后，自己正仰面朝天躺在地上，身下是一块厚密的地毯。我感到窒息，似是很快就要断气，浑身冰冷，寒透骨髓，犹如一具尸体。

　　我张开干渴的嘴巴，炙热的空气刺得我肺部疼痛。我试着吞咽一下，立时从胃里泛上一股极度恶心的感觉，不禁剧烈作呕，被涌上喉咙的酸水呛到，总算将其吐出，但是有一部分酸水流入鼻孔，于是又打喷嚏又咳嗽。这时我明白发生了什么事，日本兵又在给我用水刑，每当濒临死亡时，他们就会把蒙在我脸上的湿毛巾拿掉，不过这毛巾是干燥的，而且沾满尘土。我确实能吸入空气，但是仍然不够，我的身体正在死亡。

我知道自己的身体已经死亡，因为此时我已成为两种存在：死去的身体和活着的思维。所有的身体感觉都已停止，因此身体一定已经死亡。我不能呼吸，四肢感觉不到疼痛，看不见也听不到，但是思维依然活跃而敏锐，因为正想着一句话："女人就是死亡，对女人的色欲就是死亡的开始。"这句话清晰地出现在我的脑海中，一定是在哪里读过。"女人产生死亡，因为女人产生新生命。"这一定是佛经里的话。一切生命都在自造的束缚中循环往复，永无止息，这束缚来自它们的爱、欲和恨。但是我已打破了这种循环，因为我的身体和所有感觉都已死亡。那么这些事将会如何影响我呢？此处有一个女人的名字：莉娜。但是莉娜已经死去，还有一个双面头，这二者之间有何关联？我找不出答案，也并不在意，因为我只在意思维，思维是自由的，就像空中飞翔的鸟儿。如果我决意去死，我就会死。如果我选择继续漂浮在生与死之间的静默世界里，我也能办得到。让他们不要拿走毛巾！当他们拿走毛巾时，我的情感重又恢复，再次将我攫住，首先是恼怒，对植田上尉的恼怒，是他将生命的重负再次强加于我。

不错，我对植田上尉非常气恼，但是我并不恨他，并非只在受刑之后，当我成为死去的身体和活着的思维时。在二者分离的那一瞬间，我的思维仍然高高飘浮在冰冷的青空中。植田几乎是处决我的刽子手，在杀人者与受害者之间，总有一种神秘的联系。

我们离得很近，我躺在监狱庭院的水泥地上，他坐在铁椅子中间，低头注视着我，戴着一副大眼镜，神色有些迷惑，就像一只猫头鹰。"残酷的刑罚有时会诱发冥想，"他说英语时缓慢而准确，"你很生气，因为我把你从白雪覆盖的富士山顶召唤回来了。"他扶正眼镜，又沉思说道："毋宁说是五台山顶，因为中国的禅宗语录原本里是这么记载的。我们之所以说富士山，是因为富士山是我们的圣山，我们日本人倾向于把自己看作是一切事物的中心，这是对中国人观念的拙劣模仿，而且并无根据，恐怕会是一个严重的错误，我们必将付出巨大代价。"说完叹息一声，转头去看小铁桌上的一沓薄纸，正是审问我的记录。

植田上尉面前总有几页此类记录，用红绳整整齐齐装订在一起。他热爱这些记录，我也一样热爱它们，因为当他埋头研读时，就意味着会停刑片刻。我极其需要这样的间歇，因为我在1944年圣诞节时曾遭受过格外残酷的折磨。两名士兵把我从地上拖起，拽着我的胳膊让我站直，依照惯例，其中一人的右手总是空闲着。植田上尉仍在埋头看记录，忽然抬起头来，透过玳瑁边的大眼镜直盯着我，责怪地说道："今天早上，你没有对我说圣诞快乐，这让我想起即使在非常疼痛的时候，你也从来没有叫喊过上帝。身为一个基督徒，你理应呼唤他。"

"我从不呼唤自己不相信的东西。"我喃喃说道，嘴唇流着鲜血。

植田肃然点头："这就意味着你是个无神论者。告诉我为什么。"

我知道自己如果拒不回答的话，右边的士兵就会挥棒打在我的头上，我将昏倒在地，这场酷刑也便就此结束，至少今天如此。对于这种事，我已是了如指掌，于是闭口不语。

但是植田示意一下，那人听命行事，并未动手打我。

"我确实很想知道。"植田上尉语调温和，"几年前，我曾经受命进入神户的一家基督教大学，度过一个学期，既为检查学生们的政治观点，也为了提高我的英语水平。

学校里所有的外国教授都信仰上帝。"

不知什么缘故，这番平和的言语忽然激怒了我。

"看看千百年来世上所有这些无谓的残酷，野蛮的暴行，严重的不公不义，还有凄惨的受苦受难！看看这可悲的嘲讽，我们居然称之为生活！你怎么可能真的相信有一种高高在上的力量竟会允许……"

右边的士兵对我动了手，不过这猪猡没敲我的脑袋，而是狠狠打在小腿胫骨上，口中吼道："你竟敢冲着皇军军官叫喊，赶快道歉！"

由于气恼和受挫，我痛哭起来。植田看了我一眼，神情温和而迷惑。

"很有意思。我必须把你的回答和我们日本共产党员的回答作个比较。我会要求东京发来宪兵审问他们的记录。"

我很熟悉他那迷惑的表情。每次被迫旁观其他犯人受刑时，我总是盯着植田，从他眼中看到过同样的神情。他像是一个外科医生，耐心地刺探他人体内隐藏最深的秘密。这种冷静客观的好奇心，使他成为一个最残忍的施刑者，比那些野蛮愚蠢的宪兵部下还要残忍许多。后来，当我们把他吊死时，他的眼中也流露出同样的迷惑。众人挑选我把绳圈套在他的脖子上，他站在树下，只有右臂被捆在背后，左臂已被别的犯人用他自己的手杖打断。我们的医生提出为他接骨时，他说道："随它去吧。你们吊死我要用脖子，又不是用胳膊。"此时此刻，全体犯人安静地站在树下，将我和他围在中间，分明感觉到了杀人者与被害者之间的神秘纽带。当我将绳圈套在他脖子上的时候，植田最后说道："还请查证我曾对你说过的禅语。我把藏书留在了日本，或许引述有误。"

另有一个战犯，是个日本中尉，以前在日本就与植田相识。他受审时告诉我说，植田曾经跟随京都的一位老禅师学习，并且颇有进境，但是由于没能解答师父提出的最后一个问题而被逐出师门："富士山顶的白雪融化了。"我也同样不能解答，因为富士山顶上终年覆盖着白雪，永远不会融化。我时常怀疑这一问题是否引述有误。植田上尉仍然活在我心灵深处的某个地方，我的思想被他灼热的烙铁和锋利的皮鞭永远打上了印记。我确实将绳圈套在他的脖子上，眼看着他断了气，但是我没能杀死他。

禅师将他赶走，但是无人能将我赶走。如今我身处顶峰，就在永恒的白雪之中，无人可以触及我。积雪莹白，晴空湛蓝，好一个纯洁无瑕的冰冷世界。冰冷净化了思想，使我成为这永恒的白色世界中不可或缺的一部分。

突然，我被一束刺目的亮光惊动，这亮光如此强烈，可能会使我的思想变为粉碎，将我的头骨打成无数细小的颗粒，散落在广阔的空间里。空气进入我的体内，使得肺部灼热，植田这个残酷的恶魔，从我的脸上移去毛巾，将我再次拖回人间。我听见他的声音，他……不，这不是他的声音。然而声音来自上方，就像他坐在我的身边，盘踞在铁椅子里。

"他还在呼吸，真可惜。我本该拿毛毯裹在他的头上，裹得紧紧的。"

另一个声音响亮地讲着阿拉伯俗语："说：感谢真主！因为没人命令你杀死他，现在还没有。"

说话的人是阿克迈德，接着是莫克塔恼怒的声音："我们可以说这是一个意外事故。"

透过一片红雾，我看见两条蓝色裤管，离我的脑袋很近，还看见一双小小的尖头黄皮鞋。我重又闭起肿胀的眼皮，光线令我难受，浑身上下每一寸肌肤都疼痛不已。

"他仍然昏迷不醒，"阿克迈德说道，"我用棒子打他时，希望没有下手太狠。要是把他打成了脑震荡，菲格尔就没法盘问他了。"

所有疼痛全都汇聚到我的身侧，格外尖锐，然后又辐射到全身各处。

"停下！"阿克迈德厉声说道，"如果你踢断了他的肋骨，他可能就会丧命。必须先让他说话。"

"他理应去死，这狗娘养的探子！"

"菲格尔正在调查，他会做出决定的。"

"那婊子说主动提出想和他睡觉，但是他拒绝了。这就证明他一定是个密探。"有人打了一个响嚏，"我跟你说，那个罐装炒饭就像毒药一样。我受不了这该死的湿冷天气，我要打开炉子。"

一切重又归于黑暗。当我恢复知觉时，只觉头脑十分清醒。我躺在光滑的木头地板上，头顶上方的天花板也是木制的，有几根粗重的横梁，略微弯曲，用油漆涂成深褐色。我闭起两眼，回想刚刚听到的那些谈话。我似乎命中注定要毁于荒唐无稽的误会，以前日本宪兵误以为我是个情报特工，如今这些人又误以为我是警方的密探。

我万分小心地稍稍挪动一下脑袋，再度感到刺痛，这次是在后脑处，正是被阿克迈德打中的地方。我睁开眼睛，面前的红褐色护墙板上有一扇紫铜镶边的圆形舷窗。我明白自己此刻身在何处，这是船里的舱房，水面非常平静，没有水波荡漾，船体纹丝不动。这就是"吉布提号"，他们提起过的那条船。如此说来，我们正在黎凡特码头边，周围一片死寂，舷窗也全是黑暗。

舱房似是相当阔大，我躺在一个角落里，被人捆得结结实实。一条厚厚的灰毯堆在我的肩头一侧。我伸头望去，看见了一扇门，我的雨衣和黑毡帽挂在一只铜衣架上。这就对了，不能留下任何蛛丝马迹，一根光滑的细绳将我牢牢捆住，活儿干得很漂亮，动手的正是菲格尔、阿克迈德和莫克塔，还有伊芙琳。

我闻到焦油和新漆的气味，还有埃及香烟，听到藤椅的吱吱声。莫克塔说道："菲格尔必须问清楚，这个可恶的异教徒究竟有没有对别人说过阿布街53号，就在他去那里窥视我们并盘问那个婊子之前。"

"这已经无关紧要了。那边只剩下那个女人，她不会说出去的。菲格尔说没人知道这船屋，我们在这里很安全。"

阿克迈德陷入沉默。看来我们仍然在阿姆斯特丹，但是在一个船屋里，并非在"吉布提号"上。这船一定泊在运河中的什么地方，城市中僻静的一处，可能是港口区。

阿克迈德又开口讲话，似是字斟句酌。

"莫克塔，我想起曾听见你对菲格尔说过有关一个船屋的事，确切地说是在前天。我当时并没太在意，心想自己大概听错了，因为你的英语很蹩脚。但是如今想起来，却有些不同寻常，你和菲格尔前天就在议论这船屋。就是说在那个女人警告我们这个密探出现之前，也在菲格尔说这里有一个船屋、正好可以用来盘问这人之前。"

室内沉默许久。我满心希望他们继续交谈，以此来分散我的注意力，免得浑身难受。如今这里越来越热，绳子逐渐勒紧我的手腕和脚腕。

莫克塔忽然开口讲话，语调仍是阴沉沉的。

"我不记得菲格尔提起这条船时与我有什么关系。"

"我一向以为，"阿克迈德仍然措辞谨慎，"你和菲格尔的谈话总是局限于当时的实际需要。这一假设显然有误。"

莫克塔并未回应，过了一会儿，说道："我信不过米哈伊尔。他不是酋长的人，菲格尔在巴黎忽然找上了他。在我看来，这人问得太多，还说在那个大学生的屋里什么也没有找到。但是那里肯定有些东西，否则这可恶的密探就不会也跑去了。"

"菲格尔信任米哈伊尔。如果米哈伊尔说屋里没有什么东西，那就是没有什么东西。"

"如果那女人对大学生泄了底，又该如何？"

"大学生是个愚蠢的小伙子，无关紧要。菲格尔带他去了一家夜总会，请他美美吃了一顿，又喝了不少烈酒。菲格尔先走一步，留下他观看歌舞表演，而且喝得大醉。

那女人说过他从不饮酒，理应会喝醉过去。"过了一会儿，只听阿克迈德又说道："菲格尔恐怕要迟到了，现在已过午夜。"

这就是说自从伸手抚摸阿布街53号楼梯上雅努斯木像的那一刻起，我已经昏迷了几个钟头。新的一天已经开始，正是2月29日，闰年里多出来的一天。我被人打倒在地，悄悄送到这船屋内，仔仔细细捆了个结实，即刻便要被人盘问所有的细枝末节。此事居然发生在阿姆斯特丹，我的记者朋友总是抱怨说："在阿姆斯特丹，什么事也不会发生。"

如今我可以稍稍转头。只见阿克迈德靠坐在一张藤椅中，面前摆着一张低矮的摩尔式小桌，圆形黄铜桌面放置在乌木底座上。我原以为莫克塔坐在对面，实则并不在我的视线范围之内。墙上挂着一张彩画，镶在镀金镜框里，似是阿姆斯特丹港口的风景。

"为什么菲格尔让那女人去和那个蠢货大学生睡觉？"阿克迈德问道，话里带有一丝怒气，"他是个穷小子，穿得很寒酸，非得使用两种眼镜，甚至不梳头发，英语说得和你一样糟。"

"女人总是听凭肉体的驱使。"莫克塔厌恶地说道。他并没说"肉体"，而是用了一个十分粗鄙的词儿。

阿克迈德面露痛楚，仍然字斟句酌地说道："一个很有学问的老者对我说过，他曾经统计过，在我们的文学语言中，关于你刚才提到的那个，有四十九种不同的表述方法，包括直接的和富于文学性的。但是你非要用一个鄙俗的现代词，就是小男孩胡乱涂写在路边的那种脏话。"

"别人怎么教，我就怎么说。"莫克塔尖刻地说道。

"教你养你的都是妓女和小贩。"

房内一片死寂。我预料会有一场争吵，但是莫克塔的声音听去很冷漠。

"阿克迈德，我不得不接受你的辱骂，因为酋长任命你做我的头领。你也同样不得不接受菲格尔的辱骂，当你今晚在街上和那女人争吵的时候。"见阿克迈德并无回应，莫克塔接着说道："我不明白为什么酋长要用一个有犹太血统的人。"

阿克迈德坐直起来，断然说道："菲格尔不是犹太人。"

"我没说他是犹太人，我是说他有犹太血统。无论走到哪里，我都能嗅出来。"

"莫克塔，你真是个傻瓜。菲格尔在纳粹党里地位显赫。纳粹比你更精通如何嗅出犹太人，他们任命菲格尔制订消灭犹太人的伟大计划。战争结束时，他从德国成功地

　　　　　天赐之日

逃脱出来。酋长为他弄到了一张黎巴嫩护照，帮助他在贝鲁特重振旗鼓。我们有责任帮助失败的纳粹人员，他们曾经想帮助我们埃及人摆脱来自白人帝国主义者和腐败的走狗帕夏❶的束缚。酋长之所以想让菲格尔与我们一起进行这次商务旅行，是因为他在德国各地仍有许多老相识，便于我们做买卖和搜集货物——你已经亲眼见过了。莫克塔，我不会严厉批评一位由我们的主人酋长选择的人物。酋长品格高尚，确实是真主的人。但是他不会容忍有人干涉他的策略，对你自然也不会。"

"菲格尔当然是个聪明人，"莫克塔迅速说道，"他从不喝醉，而其他的异教徒大多如此。但是他一旦喝酒，就会喝得很多，那时就会说话滔滔不绝。我担心的就是这个。"

阿克迈德掏出金色烟盒，点燃一支香烟，徐徐说道："菲格尔在公众场合从不贪杯，也从不谈论生意上的事情，即使喝得大醉也不会吐露一句。他总是说他的妻子，总是同样的故事。他们以前曾经相爱，在波兰的某个地方……"

---

❶ 帕夏（pasha）指奥斯曼帝国的高级官员，常是总督、将军或高官，后来也作为敬语被使用。

"波兰在哪里？"莫克塔问道。

"波兰是一个国家，在德国东边。你别打岔。菲格尔说他们曾经相爱，后来彼此分离，战争过后，他一路逃亡的时候，与她再次偶遇，她帮助他躲藏起来，后来两人一起去了埃及，在开罗结婚。后来，他把她安顿在贝鲁特的一座豪宅里，身边没有其他女人，这一点令我很吃惊。他喝醉酒时，总会给我看钱夹里的照片，她看去又老又丑，而且从没给他生过孩子。"

"你今晚说了很多话，阿克迈德。"莫克塔说道。

阿克迈德摁灭了香烟，镇定说道："你对菲格尔做出了愚蠢的议论，为了我们这个团队合作融洽，我想自己有责任予以纠正。"

阿克迈德朝后靠坐在藤椅中，眼神冰冷，表情木然，每当东方人选择沉浸于思维惯性、脑中一片空白时，常是这副模样。

# 酋长的凉鞋

"书中之书"《古兰经》里曾经说过,真主只依各人的能力而加以责成❶。然而这话显然并不能将我们从自我施加的责任中解救出来。最近三周时间里,我对自己履行的责任有些疑虑。在我们从开罗出发之前,我本应向酋长请教这个问题。

在异教土地上旅行,对于静静地反省道德难题并无益处,周围没有一个人可以与我探讨。我当然没把莫克塔算在内,他不但毫无教养,而且对于遵守宗教义务极其敷衍,心情不快时的难听话也越来越多。他直盯着墙角处那个倒霉的密探,阴郁之中带有某种紧张的期待,我很熟悉这种目光。在酋长住宅的内室里,当他杀死一个科普特人❷之前,我就从他眼中看到过同样的神情。那个科普特人也是身处墙角,不过站在地上,没被捆起。当莫克塔走上前去、逼近身边时,那人眼里流露出卑屈的惊恐。莫克塔用惯常的阴沉声音说道:"酋长命令我告诉你,他对你并无怨恨。"

我记得科普特人脸上显出大为放心的表情。就在这时，莫克塔将手伸进右边衣兜里，掏出一把细长匕首，深深刺入对方的腹部，随即朝上猛力一抬，割破了内脏，于是那人抱着被切开的肚子倒在地下。

科普特人欺骗了酋长，活该有此下场。然而这是一种邪恶的、不洁的死法。为了掩饰从心底升出的强烈厌恶，我微微笑道："莫克塔，如果你受命要杀死我，可别用这种方式！"

莫克塔耸耸肩头，无动于衷。我时常认为他的头脑一定不太健全。

我们离开内室。我心想酋长宽宏大量，至少应该给此人一个祷告的机会，不过以莫克塔的智力水平，应该不至于编造出那句话来，于是问道："在你拿刀子捅他之前，为什么要说那句话？"

"因为酋长命令我这么做，"莫克塔闷声说道，"酋长想让他在死去时，魂灵能得到平静。"

他的回答打消了我愚蠢的疑虑。酋长行事公正，但也很仁慈，因为他是虔信的人，将经文从头到尾都记在心

---

❶ 此句出自《古兰经》第二章第286节。——原注
❷ 指皈依基督教的古埃及人后裔，也是当今埃及和中东地区最大的基督教教派。

里。当他斜倚在沙发床上、坐在敞开的窗前背诵经文时，外面街中行人都会驻足恭听。他虽然年事已高，却仍有一副金嗓子，诵经时会因为虔诚的顺从而振荡回响。我们这些仆人真是太幸运了，能够经常侍奉左右，听他说出那些饱含智慧的话语。

酋长拥有巨大的财富和权力，他在开罗的住宅有许多大厅与庭院。但是他的私人生活非常节俭朴素，每天严格按照"五时拜"而划分。晨礼之后，当他用过早餐，前来拜访的阿拉伯人便开始聚集在大堂内，我看见他们从我的办公室前经过，但是我不去参加仪式，因为早上是我的同事穆罕默德当差。这些人里不乏国家头面人物，总统信任的助手——正是总统赶走了国王与其腐败的帕夏，并击溃了试图侵入国境的犹太游牧部落——还有从叙利亚、沙特阿拉伯、也门和巴格达来的特使们。酋长耐心聆听他们每个人说的话，从不吝于提出建议，无论宗教事务、政治纠纷，还是有关工业、贸易和农业的问题。

每天下午，他接见外国客人，这时我会当差。我们在酋长的沙发床前方围坐成半圆形，我为他们翻译，低级秘书们负责做谈话笔录。用异教徒的语言来说，我是酋长的喉舌，接替先父哈桑·阿尔-巴达维担任此职。莫克塔也在场，因为他是酋长的刀剑。酋长曾经说过："试图用理性的动听言语征服你的对手，但是，如果他们执迷不悟，顽固地拒绝看到光明，那么就击败他们，如同捏死一只床铺上的跳蚤。"我容忍莫克塔，因为他的短处就是他的长处。他曾在贫民窟里度过童年，学会了耍弄刀子和绳子，玩得出神入化。当他为酋长做事后，又成了左手持枪的神枪手。他把匕首和绳索放在右边口袋里，因此必须把手枪放在左边口袋里。匕首和绳索不会发出声音，理应优先使用。

此时此刻，他将一只手灵巧地插入右边口袋。莫非他打算在菲格尔下令之前就干掉这个密探？不，莫克塔应该不至于此。结果他从衣兜里掏出烟盒，我恐怕是过于紧张了。我的思绪又回到三周以前，即我们从开罗出发的当天。我与酋长一起度过了半小时，然后他召来菲格尔与莫克塔，对我说道："阿克迈德，你就是我的喉舌，和往常一样。菲格尔将是你的顾问，莫克塔将是你的刀剑。如果有新指令，会由菲格尔转告你，我已在所有北方异教国家里布置了和菲格尔的联络点。"

忽然，我想起一件事，对莫克塔问道："菲格尔没有让你杀死这个密探吧？"

莫克塔瞥了一眼墙角里那个被五花大绑的可怜虫，转脸冲我摇一摇头。这问题真是愚蠢，哪里有时间与开罗联络呢？这些天里，我越来越紧张，必须冷静自制才对。这次出行是不是时间太久？或是莫克塔的态度近来发生了微妙的变化？真是奇怪，过去我总能看透他那恶毒的小脑瓜，就像阅读一本翻开的书。

"关于这该死的船屋，有件事我必须要说，"莫克塔开口说道，"这是个处理死尸的好地方。"

"为什么？"

"因为在那边墙角的小地毯下面，有一个活动板门。当你给那密探上绑时，我在周围看了看。"

"你这说法真是无稽之谈。如果打开船底的活动板门，水就会涌进来，这你总该知道。"

莫克塔恼怒地看了我一眼，断然说道："船屋下面有空隙。你给尸体加些重量，就可以让它落到空隙处。龙骨上有一个舱门，从上面就能很容易地操纵。船底有四尺深的水，下面是厚厚的淤泥。"

"如果他们把船挪动了呢？"

"这船在一年之内都不会挪动，菲格尔这么说的。"

对于船屋，莫克塔居然了解这么多，着实令我吃了一惊。不过，或许这条船与我们在开罗的船屋差不太多吧。

"我很高兴这船至少还有这个用处，"我说道，"从其他方面看来都很粗劣。想想我们的船屋，停泊在神圣的尼罗河边！一座优雅而华丽的移动家园。"

"阿克迈德，你真是个头脑狭隘的开罗人。刚刚离开三周，你就得了思乡病。"

"一个仆人唯有在主人的家里才能感到快乐。"我冷冷说道。

然而，我感到心中不安，或许我思念酋长的宅院，并不像思念位于东厢的自己的住处那么多。这是我心绪低落的又一个征兆，因为思念妻子是有失体面的行为。她是酋长为我挑选的，令我十分中意。她的性情稳重谦逊，持家很是节俭，还为我生了一个聪明俊秀的儿子。我对那个舞女伊芙琳会突然生出欲望，唯一的解释便是心情紧张。在德国汉堡，我雇用了一个白种女人，但是她身上散发出一股酸奶的味道，因此我并没和她上床。在法国巴黎，我找了一个阿尔及利亚女人，但是她迟钝又笨拙，一口蹩脚的阿拉伯语让我的耳朵饱受折磨。这个伊芙琳有一头我们阿拉伯女人的黑发，两眼不用化妆也是又黑又大，肌肤白皙平滑。在亚历山大，我有过一个希腊女人，她很像伊芙琳，但是并不使我感到愉快。既然我想起那个希腊女人，于是明白了自己为何会对伊芙琳产生欲望。希腊女人是顺从的，但是这个荷兰女人有一股独立而好斗的劲头，正如阿拉伯半岛上的某些巴达维女人一样，我的家族就发源于阿拉伯半岛。当我说今晚想要和她睡觉时，她打了我一记耳光，结果被那密探瞧见了。我必须称赞莫克塔当时的反应，多亏他把密探一拳打倒在地，我们才能赶在警察到来之前跑进屋里。生活在北方国家，事实上非常复杂难测，如果在开罗，没有一个警察会想要干预阿布达拉酋长的手下。这真是一次丢人的经历。事情过去之后，伊芙琳跟我握手，说这一点小事故根本不算什么，我尤其不喜欢她那副随便的态度。

伊芙琳的随便态度，甚至比菲格尔对我的责骂还要糟糕。我不得不接受菲格尔的责骂，因为他骂得有理。他性情温和，老于世故。在意大利、法国和德国，当我们为酋长的生意进行复杂的协商时，菲格尔总会在适当的时候说些适当的话，从而使得情势对我们有利。不过，我们在巴黎时，米哈伊尔要求入伙，菲格尔立刻点头同意，此事令我很是不快。莫非我们阿拉伯人为他做了那么多事，他仍是乐意找一个同族的白人男子为伴？

莫克塔刺耳的声音打断了我的沉思。他在座椅中烦躁不安，说道："麻烦的是必须给尸体加些分量。我没看见有什么重东西可用。"

"这船上应该有多余的锚链，"我不耐烦地说道，"就用它吧！"

"说得对，"莫克塔沉思说道，"这样一根铁链应该管用。事实上可能非常好。"

我打消了对这个粗俗男子的莫名忧虑，重又回想起开罗。就在我们登机离开的当天，午时过后不久，我在自己办公室隔壁的拱顶房间内整理旧文件，有一摞蒙尘已久的过期合同，正是先父担任酋长机要秘书时办理的。后面另有一份文件，字迹完美流畅，正是酋长本人的手笔，内容却是完全无法想象的罪恶之事，证明酋长曾经通过一个黎巴嫩中间人，向犹太人出售过大片巴勒斯坦的土地，那本是我们阿拉伯兄弟的领土，结果被他们偷去建立所谓的国家。

我心里乱作一团，疾步奔到楼上大厅内，男童伊斯玛尔正在为即将来访的客人准备咖啡。我两手颤颤，将文件递给酋长。他看了一眼，对伊斯玛尔镇静地说道："我的孩子，你可以下去了。告诉所有来人在客厅里稍等片刻。"然后对我说道："阿克迈德，替我倒上一杯，到了这把年纪，我的头脑已变得迟钝，需要这香喷喷的东西来刺激一下。"

他喝了几口咖啡，对我凄然一笑，用我父亲的名字称呼我，深情地说道："哈桑之子，我对你从不隐瞒任何秘密，现在你就会听到一些以前从没人听说过的事。当犹太人在巴勒斯坦着手施行他们的计划时，阿拉伯兄弟陷入混乱之中，白人帝国主义者利用这种混乱，对我们阿拉伯人进行伤害和羞辱，这正是他们以往的习惯。有信使从圣城耶路撒冷❶来，从贝鲁特和大马士革来，他们带来的消息令我极为愤怒，我想要把这计划扼杀在萌芽状态里，免得他们聚集到一处。但是就在那时，我得到了一个启示：'你的敌人将会汇集在一个地方，从而使得你可以一劳永逸地消灭他们。'"酋长长吁了一口气，接着说道："哈桑之子，我不应该对你提到未来，因为未来掌握在无所不知的神手中。"他又背诵了《象章》❷，原文是："难道你不知道你的主怎样处置象的主人们吗？难道他没有使他们的计谋变成无益的吗？"诵经过后，他将文件叠起交给我，"由于一个不幸的疏忽，这张纸被保留下来，如今你应该纠正这一错误。"说罢指了指伊斯玛尔为他准备水烟的银火盆。

我把文件放在燃烧的炭火上，眼看着青烟升起，又消散在空中，我所有错误的疑虑也随之烟消云散。我深深鞠了一躬，感谢主人宽恕先父犯下的一个大错，视线落到

---

❶ 因为依照传统记载，先知在此处升天。——原注
❷ 见《古兰经》第105章。"象的主人们"指570年进攻麦加的埃塞俄比亚人，却被一场奇迹所毁灭。——原注

地上时，看见沙发前面摆着他的皮凉鞋。为了表示谦卑的感激之情，我说道："还请允许您的仆人为您献上——敬请原谅❶——一双新凉鞋。这双鞋已经非常老旧，或许会令您的两脚受伤。"但是酋长抬手示意一下，说道："阿克迈德，你无须如此，这双凉鞋虽然很旧，但是还能穿。节俭之人会成为虔信之人，我从不抛弃任何一样还能用的东西。如果不敷使用的那一天终于到来，我唯一能做的事就是将它扔掉——与这为我效力多年的物品告别时，心里不会有一丝遗憾。"

他又喝了一口咖啡，忽然问道："阿克迈德，敝宅中共有多少人为我效力？"我默默计算一下，答道："大约有七十人，愿您安康长寿。"他肃然点头，说道："他们都是忠心耿耿，但是其中只有一个人，我信任他就如同信任自己一样。正是因此，我才任命你接替你已故的父亲哈桑·阿尔-巴达维的职位，愿他的魂灵得到天赐的安宁。"

这番话令我深受感动。我正想开口，只见酋长再次扬手示意，接着说道："哈桑之子，正因为如此，我才把这项既微妙又危险的重要事务交托于你。你去几个北方国

---

❶　在提起凉鞋之前，说话者必须表示道歉，因为在阿拉伯传统里，鞋袜属于一种不能言及的东西。凉鞋、皮鞋与不洁之物及死亡有着隐约的联系。——原注

　　　　　　　　　　　　　天赐之日

家出行一趟，为我办理几桩交易，很快我就会予以回复。如今我只想警告你，这些交易必须保密，如果那些国家的上层得知此事的话，就会利用这些消息来伤害羞辱我们阿拉伯人，正如他们以往的习惯。那里还有一些我的对头，可能会试图从中作梗，使得此行失败。你虽然精通外语，但是对于那些蒙昧国家的法律和习俗，却没有什么实际经验，因此我决定派给你一个得力的助手，还有一个得力的保镖。"说罢拍一拍手，见伊斯玛尔进来，命他去召唤菲格尔和莫克塔。当天晚上，我们三人就乘坐飞机前往罗马。

三周之后的今天，我们已经大功告成，明天就会登上"吉布提号"，一路乘船回国。我沉浸在思乡之情中，不禁说道："莫克塔，真希望我们已经回到了开罗。"

莫克塔方才又盯着密探打量半日，此时转头注视着我，阴沉说道："阿克迈德，你回不了开罗了。"

我必须说些什么，以此来对莫克塔表明我的超脱态度，但是找不出合适的言辞，我需要时间，需要时间来思考。但是就在此刻，我明白自己不需要时间来思考，因为在我的思想深处，一直都隐隐意识到自己不会再见到开罗，我明明知道，但又不想去知道。然而这微小的遗憾，立刻被一股巨大而温暖的满足感所取代。这项重要的使命交托于我，就是一种确凿无疑的认可。先父未能销毁那份文件，使我得知了一桩禁忌之事，因此我必须被除掉。但是酋长并没有立即下手，而是给我一个缓刑，以此给我一个机会，通过完成眼前这一艰巨的使命，来弥补先父生前的疏忽。由于使命已圆满完成，父亲的失误与儿子的功绩如今已彼此抵消。没有任何东西会损毁阿尔-巴达维父子留给酋长的记忆，他也会赞同我们已经尽力侍奉过他，忠诚得犹如他的凉鞋一般。酋长赐予我这最后的恩惠，证明他认为凉鞋已经穿得足够旧了。一个仆人只需知道自己的服侍是否令主人满意，主人的事务则与己无关。我不该考虑酋长与犹太人之间的交易，所有的裁决都归于仁慈的真主，因为真主无所不知。

我站起身来，说出一句必要的话："我们确是真主所有的，我们必定只归依他。"

我交叉双臂，俯视着莫克塔，然而在如此庄严的时刻，这个贫民窟里长大的下贱流浪儿却没能表现出任何富有尊严的态度。他举止无措，尴尬难堪，两眼顾视一旁，避免与我对视。

我开口问道："用手枪?"

莫克塔点点头。

"就在此时此地?"

他又点点头，目光低垂。想到船下冰冷的淤泥，我不禁浑身一凛。我想起地中海温暖的碧波，此事要是发生在大船上就更好了，那时我已接近深爱的故土，并将祖国的海岸线尽收眼底。但是这无济于事，因为已经写明要在此地发生。我正想告诉莫克塔抓紧动手、了事一桩，然而就在此时，他抬头看着我，恨恨地低声说道："三周以来，我一直对这一刻感到恐惧。"令我吃惊的是，他的眼中流露出胆怯的神情，"阿克迈德，为什么我们不能成为朋友？我们住在同一所房子里，侍奉同一个主人。我总是对你态度粗鲁，但是我必须如此，因为我总是嫉妒你，并且不想让你知道我还偷偷地崇拜你，为了你十足的男子气概。你让我想到穿越沙漠的长途旅程，与一个朋友做伴，凉爽的夜晚，在星光闪烁的天空下……"

"莫克塔，你又读那些廉价的低俗小说了！"我厌恶地说道，"你这塞得港贫民窟里长大的家伙，对于沙漠又能知道多少？"

"你说得不错，我确实在贫民窟里长大，不过，我以前有一个朋友，是个来自阿曼的水手。我们晚上曾经坐在港口，他对我讲过许多以前在沙漠里生活的故事。他可能说过许多假话，但是那些故事真的很精彩，阿拉伯骑士驰过沙漠，手中挥舞着刀剑，就像你在电影里看见的情景。

那个水手个头很高，像你一样走路时迈着大步，两腿健壮有力，如同骑士一般。"

他说得如此真诚，于是我决定对他和盘托出。

"莫克塔，我来解释一下为什么我们永远不会成为朋友。为了这个目的，我要告诉你一件事，发生在一年前的一天晚上。你总该记得去年夏天非常炎热，即使在酋长的屋顶花园里，暑气也丝毫不减，前院的喷泉里涌出温热的水流。我从正门出去，沿着尼罗河边的港口散步。就在那时，一个蹲在墙根下的年轻女人站起身朝我走来。她穿戴得像个妓女，手腕脚腕上套着银镯子，身材娇小苗条，像是一个少年。她什么也没说，但是她的眼睛很大，闪闪发亮，下半个脸用面纱遮住。她很美丽，我几乎想要随她而去。"

莫克塔站起身来，面孔紧绷，开口问道："那你为什么没去？"

"因为忽然之间，我想到在这种种迷人的外表背后，唯有一个庸俗粗鄙、诡计多端的头脑。"

莫克塔缓缓点头。

"你做得很对，阿克迈德。那天晚上，我对你非常生气，但是此时不再对你生气了。因为你说你认为她很美丽，当我感觉低人一等时，这话会让我想起来觉得有些甜

　　　　　　　　　　　　天赐之日

蜜。你不知道有时我会觉得自己多么低贱。你是个有教养的人，当你感觉低贱时，能想起许多令你愉快的事。但是我只会感觉糟透了，从来没有像现在这么糟过。"

他朝我走来，左手在衣袋里蠕动。我忽然想起一件事，问道："关于我的妻子，预备把她怎么样？"

"我说过她很漂亮，对不对？"莫克塔吼叫一声，"她属于酋长所有，你的儿子也一样，都是好货色，能卖个好价钱。"

我目瞪口呆，直盯着他喷火的两眼。他把手挪到右边衣袋里，我只觉腹部受到重重一击，不禁踉跄后退几步。他说……他说这还不是……

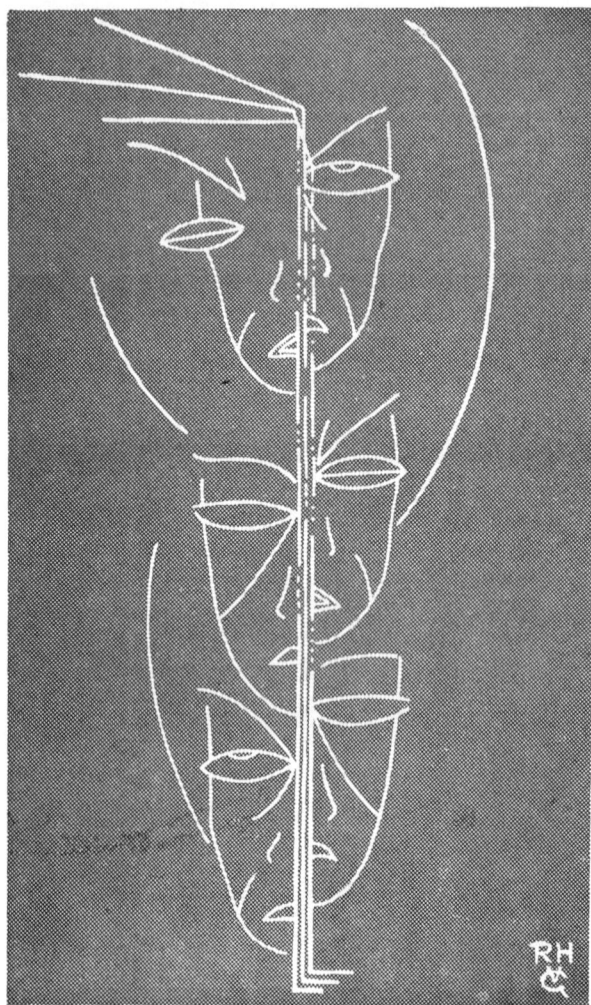

# 运河边的焰火

眼看着阿克迈德被狠狠切了一刀，我只觉胃里一阵翻搅，拼命抬头想吐出酸水，免得被呛到，眼中涌出的泪水使我视线模糊。

我的肩膀被人猛踢一脚，脑袋再次撞在地板上。我稍稍睁开酸痛的两眼，看见莫克塔扭曲的面孔正在上方，嘴唇不停翕动，口水滴落下来，似是又哭又笑。

"我要宰了你，你这肮脏的猪猡！我……"他说到一半，哽咽难言。

他又飞起一脚，只差一寸就踢中了我的头。我就地一滚，拼命想要躲开他的鞋尖，结果脑袋重重撞在墙上，差点昏厥过去。

"莫克塔，你在干什么？赶紧住手！"

这是菲格尔的声音，紧接着一声巨响，随即又是一声。

其后一片死寂，我仍然头晕目眩，心想密闭的舱房内这两声爆响，是不是把我的耳朵震聋了。我一动不动躺在地上，面颊紧贴着光滑的木制护墙板。

过了不知多久，有人低声咕哝，我听见了一句"真是一团糟!"，说话的是米盖尔。

我想冲他大声叫喊，但是只能发出一串含混不清的声音。显然米盖尔看见了我，我听见他轻轻的脚步声，随后看见一只硕大的褐色皮鞋出现在我的身侧。

"你还活着?"米盖尔悻悻说道。

腹内又是一阵翻涌，我喘息说道："拉我坐起来!"

他抓住我的衣领，一路拖到阿克迈德的座椅前，将我扔在里面，动作很是粗鲁。我全身肌骨都觉得疼痛不已，绳子深深勒入手腕脚腕，饶是如此，终于再度转为直立的姿势，还是长出了一口气。

米盖尔站在我面前，厚外套的前襟敞开，露出里面漂亮的粗花呢套装，如同以前一样无可挑剔。但是他脸色煞白，额头上布满细小的汗珠，在马甲口袋里摸索几下，掏出一个扁片的小铝盒，用颤抖的手指拈出一粒绿色药片送入口中，然后上下打量我一眼，缓缓露出笑容，欣然说道："我的天，你看去真是一团糟!"

他从我胸前的口袋里抽出手帕，擦擦我的脸面和下巴，随即扔在地上。"虽然你一团糟，不过总比那三个朋友稍微强些!"说罢站到一旁。

只见阿克迈德倒在一汪血泊之中，我迅速移开视线。莫克塔乍看很是平静，背靠墙壁坐在地上，两腿朝前伸展，蓝色长裤的裤缝依然笔直，但是脑袋耷拉在右肩上，左眼下方有一个窟窿，一线血水正从那里缓缓滴落，左手中有一把小手枪。菲格尔却不见人影。

"菲格尔在哪里?"我问道。

米盖尔朝我的左边默默一指。

我转过头去，只见菲格尔躺在地上，一条腿伸展开来，另一条腿靠着大肚皮，双臂摊开，似乎曾用合乎规范的柔道姿势来试图自保，右手中有一把半自动手枪，硕大灰黄的脸面看去十分平静，但是喉头和前胸有一片血迹。

米盖尔点燃一支埃及香烟。我深吸着这股香气，不禁心怀感激。由于米盖尔已经擦净了我的脸，我身上的气味不像原先那般难闻，此时浓重的血腥气和火药味使我又难受起来。米盖尔指着菲格尔抱怨道:"这个该死的胖子，明明答应过把我平安送到埃及去，结果自己反而被那混账黑小子开枪打死了!且看他的兜里是不是还有些钱，至少对我有些用处。"

他跪在尸体旁边，伸手解开菲格尔的外套。

"你能不能先替我解开绳子?"我试探问道。

他回头瞥了我一眼，冷冷说道:"你理应庆幸自己还活着，老伙计！"

我眼看他一一搜过死者的衣兜，手法十分熟练，把零钱和钥匙串都放回原处，但是把塞满票据和绿色美钞的钱包揣进了自家口袋，又打开银色大烟盒，嗅一嗅长雪茄，低声说道："名牌货！会帮我得到安慰的。"随后将大烟盒塞入自己的侧兜，站起身来，开始翻那两个死去的阿拉伯人身上的东西。我无法忍受这乱糟糟的景象，闭起两眼，直到传来藤椅的吱吱声。我知道米盖尔已经坐在阿克迈德的椅子上，于是再度睁开眼睛，只见他正仔细看着一个黑皮小本子。

"出了什么事？"我几乎听不出自己的声音。

米盖尔抬起头，将小本子装入自己的口袋，又点燃一支香烟，定睛打量了我一阵，才开口答道："出了什么事？你不是亲眼看见了吗？我开车送菲格尔过来，他一眨眼就跳下汽车，我留在驾驶座上，把那辆老车小心停好。等我进门时，一切都结束了。菲格尔一定是在那小个子刚刚切开他朋友的肚子之后进来的。菲格尔不赞成这事，于是掏出自动手枪。但是那小个子恶魔是个训练有素的杀手，一定把那支玩具枪放在手边，一枪打穿了菲格尔的喉咙，手法干净利落。你告诉我是谁先开的枪，是菲格尔还是那个吉卜赛人？在我听来，两声枪响非常接近。"

"我没法说定。我只看见那小个子如何杀死他的朋友，过后开始踢我，我就地一滚，脸面朝墙，就像你刚才看见的样子。我听见菲格尔大叫一声，让他不要踢我，然后就是两声枪响。你可以去检查一下那两把手枪。"

"还想扮演机灵的小警察？老实说说你的来历！从头说起！"

"我想先喝一杯咖啡。"

"再来几个热面包卷，外加几个煎鸡蛋！"他站起身来，甩给我一记耳光，"你这杂种，还不快说！"

这一耳光打得我头晕目眩，但是并没丧失头脑的清醒。我已感觉出脚下有个硬东西，平放在地板上，很可能就是莫克塔用过的刀子，因为哪里都瞧不见它。眼下全看米盖尔打算如何行事。我讲述了一番与此事相关的个人经历，从看见伊芙琳遭人袭击开始，直到在她房间里的谈话，并且申明我在爬上伊芙琳住的三楼之前，只从阳台上偷看了他和菲格尔几分钟。

听我讲完后，米盖尔遗憾地摇一摇头，悻悻说道："你比我想得还要愚蠢。你之所以卷入这场麻烦，我开始以为是在警局挣钱，听过伊芙琳的故事后，又以为是为了敲诈我们或者入伙，结果全都不对，只因为你对那个蠢女人着了迷。她自以为在跳舞，其实只是扭扭屁股而已，况且连唱歌都不会。我知道你既不是警察，也不是骗子，那两个吉卜赛人把你带来后，菲格尔曾经查看过，你是一家百货公司的记账员。老天爷，一个大男人怎么会如此愚蠢!"

"你们会把那姑娘怎么样?"

"怎么样? 她当然不会有事，不过必须自己另做打算。你尽管放心，我可不是白奴贩子，干这行风险太大，赚钱太少。"

"你会把我怎么样?"

米盖尔看了我一眼，流露出不加掩饰的厌恶。

"你? 把你从船上扔出去，你这臭气熏天的家伙。"

"先给我一杯咖啡好吗?"

"好吧。我替自己也冲一杯。"

当他转过身去，我又问道:"替我割断绳子行吗?"

他骂了一句粗话，消失在一扇小门背后。那扇门在对面的墙角处，以前没注意到。我闭目半晌，天花板上的顶灯发出强光，照得我两眼灼热。

米盖尔端着两杯咖啡回来，将一杯放在桌上，另一杯送到我的嘴边。我一口气喝下，这杯他加了牛奶，我真是走运。然后他坐下来，伸直两腿，端起自己的那杯黑咖啡慢慢啜饮。我不得不说米盖尔很是体贴周到。他喝完之后，点燃一支香烟，开口说道："老家伙，我已经打算好了如何对付你。你虽说又蠢又笨，不过对我仍有些用处。我不是白奴贩子，也没有杀过人，更不想从此留下这样的记录。你将会成为我最重要的证人。"说完看看手表，"现在是一点钟，再过三四个小时，临走前我会给警察打个电话，告诉他们在这条船上有三具死尸，还有一个被捆起来的家伙，他自会说出所有经过。到时候他们来了，你就说出实情。说实话一向是上策，对警察更是如此。"

"什么样的实话？"

他怀疑地看了我一眼。

"那姑娘告诉我们你已经全都知道了。他们为中东搜罗女人，在意大利和法国弄到的最多，在汉堡有些上好的货色。他们会在马赛把所有人集合起来，或许在热那亚。"

"但是伊芙琳在这里。"

他耸耸肩头。

"据我看来，她有点特别，将会被送到贝鲁特去。关于她的事，菲格尔的口风很紧。今天晚上，菲格尔把她的男朋友带出去，好让我去那人屋里四处翻找，查看她是不是留下了什么能证明她跟随菲格尔离去的证据。我承认当时你骗了我！"他懊悔地冷笑一声，又说道："如果你仍旧对她着迷，最好告诉她留在阿姆斯特丹！"

"你说你不是一个白奴贩子，那是怎么入伙的？"

他站起身来，点燃一根香烟，放在我的嘴里，审慎地说道："关于这一部分，你讲的时候必须稍微改动一下，如果你明白我的意思的话。两周之前，我在巴黎遇到菲格尔。当时我正被法国警察紧追不舍。一位过于自信的老太太忽然变得过于疑心，跑去跟警察说了些我的坏话，如果我理解正确的话，与一件珠宝首饰有关。菲格尔把我弄了出来，我不得不说这家伙认识很多人。他说可以带我去埃及，法国人没法在那里找我的麻烦，他还能为我弄到一张新护照。我为他和那两个吉卜赛人做事，工作是当诱饵，这倒是容易得很，姑娘们常常为我神魂颠倒。对我来说虽然容易，却并不愉快。如果你的职业是与中年妇人上床，你就会痛恨它，就像毒药一样。"

我明白莫克塔杀死阿克迈德的原因，因为从他们最后的谈话里听出了言下之意，但是很想知道米盖尔对此会有何评议，于是问道："那小个子为什么要杀死他的同伙？"

米盖尔耸耸肩头。

"他们俩合不来。小个子想要占据同伙应得的好处，于是动手杀人。菲格尔对我说高个子是头目，但是我自己长着眼睛，看得出那家伙被当作了替罪羊。凡是有危险的活计，菲格尔和莫克塔——就是那个小个子杀手——都让他去做，向来如此。"他叹了一口气，"有一群精心挑选出来的漂亮妞儿，会在马赛空等一场，或者在热那亚。"

"真可惜你不知道确切的地点。"我说完之后，把嘴里快要燃尽的香烟吐在地上。

"说话别那么难听，老家伙！告诉你，我并没做过那种买卖。我的生意是陪伴某些富有而孤独的女士，最好是出门旅行时。我是一名导游，负责非常私人的旅行！我基本在法律允许的范围内工作，总不能拒绝送上门的礼物，对吧？那样很不礼貌。如今你该明白为什么我不愿意让自己的名字出现在国际刑警组织的名单上，也不愿意被怀疑是白奴贩子，那样就会毁了我的生意。你就对警察说，我这人见多识广，菲格尔叫我带他去几个高级酒吧和夜总会之类的地方，但是我发觉他是个白奴贩子。当我无意中发现你在监视他们，就把我所知道的事情全都告诉了你。你还得说我不喜欢抛头露面，多少有点胆怯，所以走掉了，没有亲自报告警察。"

"我为什么要为你做这些?"

他上下打量我一眼，扬起长满金色鬈发的脑袋。

"因为在我看来，你这人很正直，还因为受人恩惠理应回报。我没有杀过人，但是如果我不打电话报警，留下你在这运河僻静处的船屋里听天由命，全看是否能及时被人发现的话，我也不会因此而成为杀人凶手，对不对？"

我禁不住浑身一抖，打个冷战，但是好奇心驱使我又问道："我当然不乐意出现那种情形。但是如果你离开这儿，把我忘在脑后，对你来说不是更简单些吗？"

"你真是个十足的笨蛋，真不明白在这个邪恶的世界上，怎么还能活到今天！有人看见过我和菲格尔他们在一起，在很多公开场所都出现过。警察一旦发现了这里的死尸，就会四处调查，拿出照片给人辨认，再提些问题，很快就会查到我。绝不要低估他们，我的朋友，他们都是能干的老手。"

"等他们听过我说的话，就不会四处热心找你了。好吧，我已经明白了你的意思。一点不错，如果你能再给我一杯咖啡，我们就算说定了。"

他再次朝那扇小门走去，显然那里有一个厨房或是食品储藏室。

他给我喝过咖啡后，重又坐下，似乎并不急于离去。也许他正在等待什么，或是等待什么人，或是这里发生的一切让他十分沮丧，想让我陪伴一阵？他吐出的绿色烟圈，在我看来如同镇静剂一般。

"警察想要知道更多细节，"我说道，"比如菲格尔他们是不是自己做生意。"

他扬起左眉，略微想了一会儿，说道："不，我认为大老板在开罗，从我听来的消息看，是个心狠手辣的家伙，参与政治，开公司，倒卖军火和所有能赚钱的东西。一个黑帮头目，不过是中东式的。"

"那些姑娘也要送去开罗？"

"这我不知道。或许老板想把她们卖到一家高级妓院去，或是作为新年礼物，免费送给和他有生意来往的人。你可以随便添油加醋，因为警察永远也不会逮到那家伙。那些人很有势力，结交很广，就像在美国一样。"

"你说话带有美国口音，莫非是移民去了美国？"

"少管别人的闲事！"他断然说罢，吸了一口香烟，口气稍稍和缓一些，"我父亲是个荷兰海军军官，母亲是个阿根廷舞女。父亲死于战争，母亲嫁给了一个无赖，住在布宜诺斯艾利斯。我加入一个马戏团，几年后学了一身好本事，空中飞人，走钢丝，从高处往下跳——你真该看看我那时的样子，穿着粉红紧身衣，上面金光闪闪的！我很喜欢那一身打扮，观众们也很喜欢。老天爷，你真该看看演出结束后，女人们是如何讨好我的，而且都是有头有脸的贵妇呢！后来我的心脏不好，医生说我必须放弃这一行，于是我给自己定下规矩，只做做室内运动，挣的钱倒也不少。等到明年，我就能攒出足够的钱，给自己买一座海边的小屋和一条小船，在那不勒斯或是贝鲁特钓钓鱼，只想一个人自得其乐，让女人们都见鬼去吧！我可不想被人看见死在那些婊子身边，我和她们上床都是不得已，但是我的心脏越来越糟，说不定这事哪一天真会发生！"

讲完这番自嘲的话后，他大笑几声，但是笑得有点凄惨，随后站起身来，穿好外套，说道："再见了，老家伙！但愿你平安无事，至少在我打电话报警之前！"

我听见他驾车离去后，方才挪动麻木的两脚。椅子下面果然躺着莫克塔的那把刀子，米盖尔居然没有看见，说明他确实心情极坏。当我面朝墙壁躺在地上时，不知究竟发生过什么事。我开始有所动作，料想会费时费力，结果居然更糟。最困难的步骤是让自己如何从椅子上滑到地面，接着扭来扭去，用被捆起的两手去摸索刀子，这个倒是很快，等我以正确的姿势抓刀在手，余下的事情就容易了。刀子确实很锋利，把我的手指划破了几处，等我的两手自由后，赶紧吮了吮手指上的伤口，又按摩一阵青紫的手腕，然后割断脚腕上的绳索。

我背对死尸坐在地上，摸摸自己的口袋，所有东西都在原处，甚至包括那个装有药片的铁皮管和钱包里的钞票。我挣扎着站起身来，从雨衣口袋里掏出香烟，我实在太需要抽一支烟了，因为身上又脏又湿，再加上一股血腥气，使得空气越发污浊，令人不堪忍受。我关上电热器，一瘸一拐朝小门走去。

门后果然有个厨房，虽然地方狭小，设备却很齐全，水池上方有热水器，我先把自己的外衣努力冲洗了一番，又洗了个热水澡，感觉舒服了许多。在储物间里，我找到一瓶啤酒和一大块奶酪，愈发精神大振，最后又给自己冲了一杯咖啡，这次是很浓的黑咖啡。

外面一片死寂，我仍觉得浑身虚弱，无力走出去看看到底身在何处，于是仍旧坐在厨房的椅子上，两手放在膝头。我想要仔细考虑一下眼前的情形，却想起植田上尉来，他本不该对日本禅师用富士山顶代替中国的五台山而吹毛求疵。五台山是何模样，我完全没有概念，不过倒是在许多画片和明信片上见过富士山，山顶常年积雪，一片纯白，与蔚蓝的天空互相映衬，看去总是那么美丽，令我印象深刻。既然如今已重新建立起与时间和地点的联系，我也就不再停留在那永远积雪的山顶上了。不过这已是无关紧要，因为我确实曾驻足彼处，静止的蔚蓝与清冷的雪白仍然与我同在，并深藏于我的内心深处；无论活着还是死去，我将永远拥有它们。植田上尉是个笨蛋，他没有让我足够接近死亡，只让我登上富士山，从而可以匆匆一瞥那冰冷的山顶。

此时此刻，我觉得自己比植田高明许多。我确信如果自己考虑的时间足够长的话，一定能找到那令他困惑的最后一道题的正解。"富士山顶的白雪融化了。"我想了一阵子，但是没有进展，这种费力的思考只会令我渐生睡意。无论如何，伊芙琳、阿克迈德和莫克塔对我的所作所为要比植田上尉更甚。伊芙琳燃起一把火，烧毁了过去。阿克迈德给我当头一棒，消解了现在。莫克塔试图用一块毯子闷死我，带我接近死亡。此时此刻，我总算是自由了。

这几年里，有些问题一直盘踞在我的心中，如今它们全都不复存在。它们自始便不存在，因为人类无法彼此负责，我们不能真正彼此给与任何东西，甚至包括爱情；我们也不能真正从彼此身上取走任何东西，甚至包括生命。每个人都有各自特殊的道路，一直通向永恒而无尽的虚空，其他全是妄念，全是我们被蛊惑的贫乏思想里的虚构之物。

如果我再坐下去，一定会堕入梦乡。我站起身来，打开厨房的门扇，外面是一条窄窄的廊道，位于船屋尾部。船舵旁边堆着三只汽油桶和两个大垃圾桶，一条踏板通向铺着鹅卵石的码头。天上已经不再落雨，但是石头仍然湿漉漉地闪着水光。这船停泊在一段又长又宽的河道里，前方立着几幢漆黑的房屋，再往前是一堵长长的高墙，看去似是货仓，一只水鸟孤独的剪影映在夜空之中。四周十分寂静，城市的喧嚣丝毫不闻。菲格尔确实选了个好地方，我以前从未来过这一带，不过想必与米盖尔对菲格尔所说的海上公民堤坝相距不远。

一阵冷风吹过，我不禁打个寒战，关上屋门，走回舱房里，并不看地上的三具尸体，迅速打开曾经挂着我的外衣和帽子的门扇。外面是一个小过厅，除了正门之外，左边另有一扇橡木小门，通向一间卧室，虽然面积不大，却是家具齐备，一张宽大的双人床占去了一半多的地方，床上铺着绣花鹅绒被，一张豪华的梳妆台上摆着一面大圆镜，两个洗手池，一只漆成白色的衣柜。墙上挂着一张彩画，镶在镀金镜框里，画中一个丰满的长发裸女，正在罗恩格林式的骑士戴铁甲的手臂下挣扎扭动，看去既感伤又残酷——条顿式的爱情。衣柜里空无一物，还有一个小橱柜也是如此。房内潮湿阴冷，不过墙角处有一台昂贵的电热器，一旦打开，定会变得温暖舒适。

我点燃一根香烟，返回舱房，用毛毯迅速盖住阿克迈德的腹部和两腿，然后打量着三具尸体——这些对付活人的家伙，迟早也会变成死人。肉体令人憎恶。米盖尔说得很对，这些罪行永远不会追查上去，不会一直追究到真正的罪犯，即身在开罗的老者。我觉得腹内又要作恶，赶紧走进厨房。

水池上方的架子上有一摞毛巾，我用自己的小折刀在其边缘划开一道口子，轻轻一撕，毛巾就被扯成长条，于是我把这些长条打成结连起来，做成大约十米长的两条，想必应该够用了。储物间里有一瓶色拉油，我把它倒入一只平底锅中，将一根布条整齐地卷起，放进锅内，然后提来三桶汽油，一桶放在阿克迈德旁边，另一桶放在菲格尔与莫克塔之间，再打开第三桶，把其中一半汽油倒在尸体上。我走回厨房，从锅里拿起浸过色拉油的布条，用力拧干，又与另外一根干布条绞拧在一起，这东西想必可以当作一条好用的缓燃引线。我将其一端放在厨房门下，在地板上一路摆成Ｓ形，延伸至舱房内，另一端绑在菲格尔的外衣纽扣上。我弄湿自己的手指尖，靠近地板，觉出有一股微微的气流，足以让它一路燃烧而不至于被吹灭。我戴上帽子，关掉电灯，从厨房离去，在关门之前，用打火机点燃引线，果然烧了起来，估计能持续二十到三十分钟。

我疾步穿过空无一人的码头，直朝那一排漆黑的房子走去，随意转过一个拐角处，接着又拐一下，停在一家

天赐之日

酒吧的窗前。隔壁是一家菜店，里面一片漆黑，但是二楼的粉红窗帘后面亮着灯光。我按了一下门铃，很快便听见门闩打开的声音，知道自己找对了地方，于是闪身入内，抬头看见一个脸蛋红红的年轻女人站在楼梯口，手里握着操纵门闩的拉绳，晨衣的前襟敞开，露出贴身黑色蕾丝短裤和胸罩。我从口袋里掏出一枚面值两个半荷兰盾的硬币，扬手抛了上去。

"我需要一辆出租车，越快越好。这点小意思算是帮你付电话账单。"

她捡起硬币，朝下说道："再多给八个，你就可以舒舒服服睡一觉，还能吃一顿早饭。"

"非常感谢，不过我什么也不缺，下次再来。"

她耸耸肩头，说道："出去时劳驾把门关好，稍微有点紧。"

我站在阴暗狭小的门厅里，闻着煮卷心菜的味道，频频查看手表。七分钟过后，出租车来了。我知道会是如此，这些地方自有一套规矩，无须开口说话。

车子启动之后，司机问道："你对一切都还满意吧，先生？"

"很满意。"

"好好，我还从没听人抱怨过特鲁斯一句。我把客人送到她那里，自己只收两盾，通常应该收五盾。不过她是个好姑娘，从没惹过麻烦，对我干的这一行来说，这一点很重要。"

　　车子经过阿布街时，我叫他停下，付过车钱后，再加上一笔额外的小费，不是很多，但也不少，我必须显得和其他人一样。等出租车消失在街角处，我才缓步朝前走去，两手插在衣袋里。

# 楼梯口的双面神

街灯照在狭长空旷的道边，看去十分惨淡。我从街对面打量着53号顶层，只见阁楼的窗户后面仍有亮光，穿街而过时，天上又开始落雨，雨滴硕大而冰冷。我用伊芙琳给我的钥匙打开前门，这一招真是聪明，可以让我毫无戒备之心。她以为自己再也不需要这把钥匙了。

我缓缓走上铺着地毯的宽阔楼梯，在楼梯口止步稍歇，这才发觉自己真是筋疲力尽。我站在那里，抬手触及中心柱顶端雕出的雅努斯头像，正如之前一样，五小时之前，抑或五分钟之前。雅努斯是掌管出入之神，从不在意时间。我这是走出还是走入？我也面对着两条路，并且不知道应该怎么办。好吧，不妨说就在五分钟之前，在楼上那间舒适的小房间里，我曾与她道别，下楼走到半路时忽又反悔，于是决意中途折返，此刻正朝上走去。

门上的气窗依然微微透出红光。我在门外静立片刻，听见有人在屋里呻吟。我敲一敲门，大声说道："我是亨德里克斯。"

呻吟随即停止，传来床铺的嘎吱声，有人穿着拖鞋轻轻走来，房门开启。我仍然站在原地，一动不动，目瞪口呆。

她穿着伊芙琳的蓝色睡衣，但不可能是伊芙琳。面颊松弛发烧，双目呆滞无神，周围还挂着浓重的黑眼圈！一绺黑发紧贴着她湿漉漉的前额，睡衣随意搭在蜷缩的肩头。

"进来吧，"她声音嘶哑，"这里有冷风。"

虽然房内很暖和，她仍是打了个寒战，拿起挂在墙边的家居服披上，然后坐在床头，双臂交叠，紧紧抱住前胸。我把帽子放到地上，在铁凳上坐下，旁边就是那三只箱子摞成的临时梳妆台。

"我太难受了，"她喘息说道，"菲格尔死了，上帝啊，我需要他！但是他已经死了。"

我盯着她憔悴的脸面。米盖尔不久前一定来过这里，告诉了她发生的事情。看来她确实爱着菲格尔，这一点真是令人难以置信。她低头弓着腰，头离我很近，但是并没有看我，两手紧抱着小腹，再度呻吟起来，身子前后摇晃。我非得设法转移她的注意力不可。

"米盖尔是不是告诉过你，那两个埃及人也死了？"

她点点头，低声说道："这倒无关紧要。他们并不知道菲格尔有自己的私货。上帝啊，我该怎么办呢！"

她浑身剧烈颤抖，牙齿开始格格打战。

这时我恍然大悟。昨晚她艳光四射的美丽，闪闪发亮的眼睛，红润的面颊，忘乎所以地炫耀自己裸体的魅力，还有初见时她表现出的完美演技，编造自己经历时的机智做法。作为一个专家，我当时居然没有察觉！但是幸好可以帮助她。

我解开雨衣前襟，取出那个铁皮管，摸出一粒药片递给她。

"吃下去，它能减轻你的痛苦。"

我提起水壶，往塑料杯里倒了些水。她什么也没问，一口就把药片吞了下去，像个温顺听话的孩子，接着木然说道："米盖尔来的时候，倒还没有这么难受。"

"米盖尔来这里做什么？"我问道。

"自然是为了找菲格尔的钱。我听见有人在楼下菲格尔的房间里走动，就下楼去看，以为是菲格尔回来了，结果却是米盖尔。我问他干什么，他说在搜罗有关菲格尔的纪念品，因为人已经死了。然后又告诉我船屋里发生了一场枪战，并提议我留在阿姆斯特丹，还问我需要不需要钱。我说不需要，于是他就把菲格尔的四盒雪茄夹在胳膊底下带走了。我翻遍了菲格尔的房间，但是没能找到那东西。会不会在船上卧室的一个小壁橱里？一只褐色的瓶子。"

"没有，那里什么东西都没有。米盖尔有没有说过关于我的话？"

"他说你已经糊里糊涂地走掉了。"

她又开始哭泣。在药效发作之前，我必须让她想些别的事，于是问道："你是怎么染上这毛病的？从菲格尔那里？"

她抬头看着我，这次是真的看着我，"你看起来脸色不大好。"说罢朝靠墙放置的小镜子迅速一瞥，将贴在前额的一绺头发撩到一旁，苦涩地说道："不，这都是我自己造的孽。两年前，我那时很傻，还以为自己能与一家高级夜总会签约。那些经理对我非常非常亲切，但是他们都是生意人，把生意和取乐分得很清。有时早晨醒来，我感觉特别糟，一个从西印度群岛来的男朋友给了我掺有毒品的香烟。后来我遇到菲格尔，他给过我真正的好货色。"

她咬住嘴唇，压低嗓子痛苦地哀叹一声。

"既然菲格尔已经死了，你现在打算怎么办？"

"从什么地方搞到一些好货，然后离开荷兰。菲格尔给过我一张船票，还有一百美元。"

"看来菲格尔倒很慷慨大方。"

"一点不错。他以前给过我钱，帮了我很大的忙，让我得以支付自己和同居男友的日常开销。伯特自然从不知道钱是菲格尔给的，还以为是我从克劳德舞厅挣来的。别提克劳德舞厅了！我在那里挣的小钱还不够买长筒袜呢！我说到哪里了？"

"你说到自己今后的打算。"

"哦，对对，我要去贝鲁特，和菲格尔的妻子在一起住一阵子。"

"和他的妻子住在一起？"

她耸耸肩头，说道："我曾经对你说过菲格尔为我安排了去中东的旅行，还寄给他我的照片，等等，统统忘掉吧。我对你说这些鬼话，只是为了看看你有何反应。我以为你是警察，害怕你会使我失去这离开阿姆斯特丹的机会。"

"你为什么急着要走？"

"我害怕男友伯特发现我有毒瘾。他把我看得很重，信不信由你。每当我需要毒品时，就对他说必须要去乡下巡演，或是类似的借口，然后我就在菲格尔的船上待一两天。我有钥匙，那东西放在卧室的壁橱里，即使菲格尔不在，我也可以随时进去。但是当我开始每隔一天就需要时，我知道伯特会发觉真相的。虽然在许多方面，他还是个大男孩，但他并不愚蠢。我对菲格尔说想要离开这里，他说正合他的意，因为他必须返回贝鲁特，就在一两天内动身，我可以跟他一起走，坐一条名叫'吉布提号'的船前往亚历山大。"

"菲格尔靠什么维持生计？"

"什么都做。他买卖汽车、电器和香烟，开办酒吧和夜总会，一旦开张运行之后再卖出去。他在贝鲁特就有一家，说我或许可以在那里登台表演。他本是个波兰人，却一直在中东生活，定期来欧洲做生意，总部就在阿姆斯特丹。他的妻子也来自波兰，是个犹太人，被纳粹抓去做军妓，受到残酷的虐待，后来精神失常，一半时间都在胡思乱想，可怜的女人。我的天，又开始下雨了！"

我默默聆听着雨点打在屋顶上的声音，回想起阿克迈德对莫克塔讲述的菲格尔的经历，两相对比，只有几点相符。阿克迈德的话显然是实情。菲格尔不得不对伊芙琳说自己一直住在中东，是因为他不能承认自己曾是纳粹首领，并参与过制订消灭犹太人的计划。当菲格尔发现昔日情人，即那个来自波兰的犹太姑娘正在遭受非人的折磨，而自己曾为此出谋划策时，一定非常震惊。想来菲格尔如果不是一个与大屠杀有关的纳粹分子的话，一定是个可怜虫。

"这场大雨不会下得太久。"我说道。

她从外衣口袋里掏出一只揉皱的香烟盒，抽出一根点燃，随即将空烟盒扔到墙角，沉思说道："菲格尔并不是无法相处的坏人，他很爱他的妻子，把贝鲁特的房子放在她的名下，还为她在银行里存了一大笔钱。她知道我和菲格尔的事，也同意我以后住在那里。这就是说我至少可以有个安稳的栖身之处。"

"你说过菲格尔很爱他的妻子，那他为什么……"

"他曾经很爱她，"她不耐烦地打断了我，"但是她头脑不健全，曾经落在纳粹集中营的医生手里，你明白我的意思吧。菲格尔似乎很长时间没有其他女人，后来遇到我，多少有一点动心。"

"那他为什么给你毒品，而不是帮你戒毒?"

"因为只有当我吸毒并且他喝醉的时候，他才想与我上床。他说那种方式远离现实，不会使他成为一个彻头彻尾的卑鄙小人。他做这一切，全是为了他自己，不过也治愈了我讨厌的自尊。无论如何，我要和菲格尔的妻子住在一起，然后再看事情会如何发展。"

"和菲格尔的妻子住在一起，会让你陷入麻烦。"

"为什么?"

"因为我听说菲格尔和那两个埃及人为开罗的一个大

人物做事，那是个非常强硬的老家伙。如果这三个手下没有乘坐'吉布提号'返回开罗，他就会寻思出了什么事，并派爪牙去四处调查。菲格尔在贝鲁特的住宅一定会在他们的名单里，当他们前去查问时，你最好不要在场。你有没有其他亲戚可以投奔?"

她断然摇头，药片已经发挥出镇痛效力，她的本性重又浮现出来。

"父母死去的时候，我只有十四岁，后来由我的姐姐抚养。她那个可恶的丈夫不时骚扰我，当我十八岁时，他们很高兴可以摆脱我了。我不想去她家，他们也不会收留我，绝不会的。"

"如果是我遇到这种情形，就会回去找伯特。我看过他写给你的信，看得出他非常爱你。我只是奇怪他为什么给你寄信，而不是来这里与你面谈。"我就是另一个不折不扣的植田上尉，不过我希望凡事井井有条。伊芙琳并不在意这个。

"我没告诉他这个地址，免得他跑来找我。他把信送到克劳德舞厅，让菲格尔转交给我。我不想让伯特知道我何时离开阿姆斯特丹，以及如何离开。"她思忖片刻，丰满的唇边显出几道深深的纹路。"不，我不能回到伯特身边去，我为他惹的麻烦已经够多了。他的父母信教，做事很严格，他们并不反对我是个演员，不是非常反对，也不反对上学时结婚，只要是真正结婚。当我与伯特没结婚就住在一起时，他们宣布与这可怜的小伙子断绝关系，停止为他提供资助。"

"伯特不想与你结婚?"

"他当然想与我结婚！不过我只能拒绝，莫非你看不出来？如果我还在抽香烟的时候遇见他，就会接受他的求婚。安顿下来做一个阿姆斯特丹的小主妇，并不是我理想中的乐趣，但是谁知道乐趣是不是当真有趣呢？无论如何，菲格尔让我上瘾两个月后，我才遇见了伯特，也是运气太坏。你还有没有香烟？我的已经抽完了。"

我递过一根，为她点燃，她深深吸了一口，疲倦地接着说道："我认为理想的办法是到达贝鲁特之后再给伯特写信，告诉他我遇到了一个非常好的男人，并且结了婚，因此不会回到阿姆斯特丹去。伯特一定会伤心一阵子，但是总会恢复过来，然后一切都将重新好转。正如你所了解的，我并不是圣人，但是我也不想搅乱他人的生活。"

"许多男人喜欢女人帮他们把生活搅乱。这使得他们感觉自己很重要。每个男人都喜欢感觉自己很重要。"

"或许是吧。不过伯特还太年轻，对此可能认识不足。

他与母亲一向十分亲密，因此与父母决裂使他非常痛苦。他不像你和我，他这人严肃得不可救药。如果不是我对他说我们可以等到彼此确定的时候再结婚，他绝不会没有经过教会和登记就与我同居。他总是试图自行弄清楚一些状况，担心世界上会发生什么事情，或是诸如此类。我并不反感听他说话，因为我喜欢他的声音，听一个小伙子认真说话很令人愉快，哪怕是换换口味也好。如果伯特知道了我的真面目，他会去自杀的，信不信由你。"

"我不同意你的话。伯特那样的小伙子，很乐意拯救一个堕落的女人，正如伯特在家里读过的那些书里所提倡的。我认为你应该对他说出一切，当然略去与菲格尔上床的那些事。诚实就像慈善一样，明智地分配时最为有效。"

她恼怒地看了我一眼。

"你根本不了解像伯特那样和善又直率的年轻人。我不会在后半生里说谢谢，对任何人都不会，对伯特自然也一样。"她咬住嘴唇，打量了我一眼，断然说道："今晚早些时候，你说过如果我愿意的话，你会带我走。这话还算数吗？"

"当然算数。"

"那好，"她说着惨然一笑，"既然这样，你得告诉我更多有关你自己的事。我曾经说过这话，不过现在我是认真的！你结过婚吗？”

"我结过两次婚，两个妻子都已经死了。"

"如果你不介意的话，跟我说说她们，这会让我大致了解你是个什么样的人。"她摁灭了香烟，"我想要躺下。"

她站起身来，从肩上抖落家居服，睡衣已被汗水浸湿。

我连忙拉开被子，她躺进去趴下，双臂交叠放在枕头上，脑袋靠着胳膊。我替她盖好被子，又将家居服铺在上面，然后坐回原处，为自己重又点燃一根香烟。外面的雨声已停，此刻非常安静。过了一会儿，我开口说道："曾经有一段时间，我觉得自己对她们两人的死负有责任。这事说起来很混乱。我的第二个妻子名叫莉娜，看起来和你很相像。她……"

"她爱过你吗？"

"曾经爱过，不过后来，我就不确定了。我的第一个妻子名叫艾菲，是个性情温和、头脑清醒的姑娘，和我属于同一类人。我们一起去爪哇，生了一个小女儿。我爱我的妻子，她也爱我。但我是个傻瓜，觉得生活太平静太顺利了，不像是真正的生活，不够浪漫，不够……热烈，如果你明白我的意思。"

"不，我一点儿也不明白。"她郁郁说道。

我自己也不是很明白，于是接着说道："这并没关系。事情发生在很久以前，1942 年，当时你只有两岁。我的女儿扑扑四岁。"我简述了一番日军登陆爪哇后的混乱景象，"我被任命为上尉，坐着吉普车整天到处奔波。我前去万隆，帮助我们的部队在日军空袭时维持秩序。在我管辖的地区内，当地人里的狂热分子正在发动暴乱，我为自己的妻子担心，不过没有特别担心，因为她为本地人做了许多事，很受他们敬重，我也知道家里的仆人都很忠心。到了晚上十点，上司告诉我可以回家，需要开车四个小时穿过乡间。我停在城外的一家小旅馆里，想抓紧喝一杯啤酒。就在那时，你走了进来，不过你的名字叫做莉娜，与几个喝醉的士兵刚刚吵了一架，然后……"

"她是个拉客的妓女吗?"

"不是，不过她可以那么做，如果你明白我的意思。一名士兵大发脾气，想要杀死她，我开枪打死了那个士兵，然后和她上了床。这事做得并不正当，我是说和她上床。"

她耸耸肩头。"我明白，有时候你会身不由己。"

"你说得很对。我耽搁了一小时，心想倒是最好不过，因为一辆宪兵团的吉普车追上了我，我让他们一路护送。我们陷入埋伏，我的吉普车被撞坏了，但是士兵驱散了偷袭者，送我搭便车回家，这场意外又耽搁了半小时。当我回到家时，房子已经起火。在一小时前，宗教狂热分子闯进我家里，残杀了我的妻子、女儿和本地仆人。"

我吸了一口香烟，接着说道："在过度劳累之后，又看到这骇人的景象，我立时昏死过去。当我苏醒过来，精神几乎崩溃，并已落入日军的手中。他们在寻找另一个姓亨德里克斯的我方情报人员，以为我就是他，于是把我带到万隆，想要进行审问。你睡着了吗？"

"没有，我在听着。跟我再说说莉娜。"

"后来，我听说莉娜第二天早上得知这桩惨事，立即奔到出事的地方。当我失去知觉后，狂热分子们重又回来，杀死了陪同我的四名士兵，把我当作尸体扔在那里。莉娜找到了我，并且加以护理，日军到来时，她劝他们说人死了就没法审了，让日本军医给我打了几针，她很有一套自己的办法。我在集中营和宪兵监狱里被关了三年多，由于她是半个印尼人，所以一直是自由的。她定期来看望我，还偷偷送些有用的东西。战争结束时，我和她结了婚。不是出于感激，只是因为我非常想要她。"

"比起你的感激来，这样更让她喜欢。"伊芙琳淡淡说道，"后来怎么样？"

我说了一点婚后的情形，以及莉娜如何被家里的童仆开枪打死。伊芙琳久久默不作声，我俯身查看她是否已经入睡，并不想责怪她。不料她完全醒着，转头朝我说道："她当然爱过你，否则不会探望你三年。在一个年轻姑娘的生命里，三年是一段很长的时间。她怀的是你的孩子，你对她的死负有责任。对你的第一个妻子倒是没有，那只是太不走运。如果你离城早一些，那些埋伏在路上的人就会杀死你。如果没有他们，那些袭击你家的人也会杀死你。"

"不，他们埋伏在那里只有二十几分钟。我们问了一个受伤者，就在临死前，他告诉了我们。至于那些狂热分子，我以前和他们的头领很有交情。他曾经前来拜访我，专为讨论各种宗教问题，我可以用阿拉伯语引述他们经书里的话，对于那些人来说，这非常重要。当他们前去袭击时，精神处于疯狂之中，但是我想如果我在那里与他们对话，能让他们变得理智。"

她又耸耸肩头。

"随便你怎么想吧。不过，说起你的第二个妻子，确实是你杀死了她，因为你希望她死去，这太卑鄙了。"

"我非常同意。"

她拿起枕头靠在墙上，翻身坐起，背靠着枕头，拉过被子盖住两腿，恨恨地说道："我现在明白了。你一直追逐我，并不是因为你喜欢我，而是因为对你来说，我是你心里那一团乱麻的一部分。你把许多与女人有关的事情都视为理所当然，我的朋友。"说完摇一摇头，接着无奈地又道："我们女人的麻烦是错过了那些真正纯朴和善的小伙子，他们有时候会花时间来考虑我们的感受和想法。我们会缠住那些完全自私的家伙，就像你和菲格尔，这些人根本不在乎我们，只抱着自己的一团乱麻，就像母鸡抱窝孵蛋一样。"她耸耸肩头："算了❶，这是没办法的事，就像菲格尔常说的那样。你想带我去什么地方？我不能和你一起住在阿姆斯特丹，因为我不想撞见伯特。"

我将两肘放在膝头，用双手挂着下巴，注视着她，忽然想到这样蜷坐的姿势一定很像注视着犯人的植田上尉，虽然不像他那么冷淡。对我而言，她仍是一个令我非常渴望的女人。在这几个钟头之内，虽然我头脑中的想法已经完全改变，但是常规生活还得继续下去，也必须继续下去。我必须吃喝作息，身边还得有个女人。所有的禅宗语录都同意一个平衡的头脑需要一个平衡的身体。我可以帮助伊芙琳重获平衡。"将吸毒者重新整合进正常社会"——这是我关于查禁鸦片报告最后一章的标题。巴

---

❶ 此处原文为 Maleesh，是埃及人的说法。

达维亚的一位高级官员在旁边空白处写过一句称赞的话：
"作者很关心政府的道德责任。"那时我为此十分欣喜，如
今却不会了。一刀两断是困难的，即使一个人已经到达了
富士山顶。但是无论如何，我应该与自己在阿姆斯特丹的
生活做一个干净的了断，对我而言，这里已成为一个充满
阴影的城市，一座死去的城市，永远令我感到孤独。

"菲格尔替你办好护照了吗？"

她点点头。我从铁皮管里又倒出一粒药片，放在塑
料杯旁边。

"你需要好好休息一下。吃下这第二片，你就会睡过
去，直到接近午时再醒来。那时我来接你，我们一起好好
吃顿午饭，然后开着我的旧车去巴黎。到了那里，我们会
找到一个地方，买一些那种东西，让你能够逐渐戒掉毒
瘾。然后我们可以一直朝南去地中海，也就是西班牙南
部。躺在沙滩上，游泳或是划船。我自己也需要度一个长
假，我手里的钱足够我们过上半年左右。之后再看下一步
做些什么。"我更喜欢这些话，不喜欢必须附加的说辞，
但是对于治疗来说，这一部分必不可少，"你不必对我说
谢谢，一次也不必。我一向喜欢度假时身边有个女人，有
你同行，省了我许多麻烦，也省得匆匆忙忙花钱去找一个
自己中意的女人。"

她虽不喜欢这话，却认作是出于好意，平静地说道："听起来好极了。我还从没去过比布鲁塞尔更南的地方，看看巴黎人穿什么时髦衣服，一定很有意思。你会来这里接我吗？"

"最好不要。今天晚上，米盖尔有些麻烦，明天警察可能会盯着这所房子。你最好从花园后门出去。我们在水坝广场❶见面，在战争纪念碑❷底下，附近有许多好饭馆。两点差一刻时，我会开车在那里等你。"我站起身来。她从被子底下伸出一只手，我轻轻握住，她的手小巧而温热。

"我们广场再见！"她说着淡淡一笑。

我回手关上房门，走下狭窄的楼梯，停在雅努斯头像前，仔细端详着他的两张面孔。两张脸都在微笑，对着进来和出去的人都在微笑。我已经决定要出去。我也有两张脸，一张微笑，一张沉郁。究竟哪一张才是对的呢？我叹了口气，看看手表，现在是早晨五点半。我拍了拍雅努

---

❶ 该广场位于荷兰首都阿姆斯特丹老城区的中心，曾是唯一的市中心广场。阿姆斯特尔河曾经流经这里，河上的第一个水坝建在此处，阿姆斯特丹（Amster-dam，意为阿姆斯特尔河上的水坝）也因此而得名。

❷ 此处原文为 War Monument。查得水坝广场中有一座国家纪念碑（National Monument），建于 1956 年，用于纪念在第二次世界大战及战后的武装冲突中牺牲的荷兰人，想必应指此物。

楼梯口的双面神　　　　　　　　　　　　　　　　*135*

斯木像的鬈发，走下宽阔的楼梯。

我在幽暗的街中信步而行，转过几个街角，终于看见了想找的东西，一个玻璃房间里的公用电话。我掏出钱包，看看旧账单，然后投入一枚十分钱银币，拨了88888。立刻有人接听，说话的声音十分机警，显然我并没有白白纳税。

我煞有介事地清清喉咙，开口说道："我有些消息要告诉你。在海上公民堤坝的某个地方，有一家旅馆或是寄宿处，电话号码是99064……你记下了吗？不不，这不是开玩笑，完全不是。我不知道名字，但是重复一遍号码：99064。有一个外国人住在那里，带着四只烟盒，里面藏有非法毒品。这人名叫米盖尔。是的，我可以拼写出来，M，I……他个头很高，肤色很白，一头鬈发，留着漂亮的小胡子，你不会看漏的。必须说一句，我不确定他是否知道盒子里装有毒品。他有可能被一个国际走私组织蒙骗了，这个组织的总部在开罗。祝你好运，再见。"说完便挂上电话，没有回答对方连珠炮似的发问。

我虽然不是警察，却写过关于查禁鸦片的报告，曾经为此做过许多研究，走访医院和诊所，亲眼见过健康被毁的病人。我刚刚离开伊芙琳。如果我出手相助的话，这一大批毒品就不会运到目的地。至于为什么要替米盖尔遮掩一下，或许是因为他多少救了我一命。

我穿过街道，一路沉思。一个骑自行车的小贩急转方向，差点撞到了我。

"走路留神些，你这笨蛋！"他扭头叫道。

他说得很对，我最好走路留神些。不知道警察会不会追查拨出的公用电话。我一边等出租车，一边试图理清头绪。米盖尔十分狡猾，见我以为菲格尔及其同伙是一群白奴贩子，便机智地利用我对伊芙琳的兴趣，越发加强了这一错觉。其实他们并不贩卖白奴，而是贩卖毒品，比贩卖白奴的风险更小，利润却要超过二十倍。他们刚刚在欧洲四处周游过，收获颇丰。既然阿克迈德对莫克塔说过买和卖，他们就一定是把埃及当地产品卖到欧洲，比如鸦片和大麻，然后买入海洛因，可卡因或是其他一些我们现代西方文明的宝物。他们为那个号称酋长的人服务，即住在开罗的垂垂老者。阿克迈德提到卖出时，我本应明白把他们当作白奴贩子是想错了方向。显然那时候我心里惦记着太多别的事情。

米盖尔既不贩卖白奴，也不贩卖毒品。我相信他确实是个吃软饭的小白脸，偶尔也会偷窃珠宝，正如他自己所说。菲格尔同意他入伙，是因为他对西欧的首都和旅游胜地了如指掌，因此可以介绍菲格尔认识关键人物。作为相应的报酬，菲格尔答应带他去埃及，并提供一份新护照和新身份。

如今我把一切都弄清楚了，包括船屋里突发事件的前半段。莫克塔是个职业杀手，不得不杀死自己暗自崇拜的男人时，感到畏缩害怕。后来他变得心神狂乱，想要杀死看见的每一个人，而我正好首当其冲。菲格尔想要阻止他，被他开枪打死。我不相信莫克塔与菲格尔同时开枪互射，米盖尔一定是借用了某本低俗小说里的情节。我相信米盖尔紧跟着菲格尔进门，而并非如他所说的隔了一阵子；他的那些说法非常苍白无力，深更半夜在空无一人的码头上停车，哪里用得着特别小心呢？米盖尔看见莫克塔冲菲格尔开枪，于是在莫克塔冲自己开枪之前抢先扣动了扳机。米盖尔并非杀人凶手，他开枪是出于自卫。打死莫克塔之后，他想起毒品还放在原处，自己是唯一活着的人，自然可以卷走这一笔横财。他早已知道毒品藏在烟盒里，他从菲格尔的衣袋里取出烟盒时那做戏一般的举动，说明他非常在意菲格尔的雪茄。我不相信米盖尔是为了独吞毒品而故意开枪打死莫克塔和菲格尔，但是警察调查菲格尔的行踪之后，自会发现他贩卖的是毒品而并非女人，到时候必然会有这种想法，因此米盖尔急切地想让我对警方道出一切。他务必要使得事实证明我的说法不虚，于是将手枪放在正确的地方，子弹数目也丝毫不差。当我面朝墙壁、几乎昏厥时，他有足够的时间来布置这一切。

警察很可能在米盖尔的住处捉住他。他对我说过将会在三四个小时后打电话报警，暗示要开着菲格尔的车子离开荷兰，到边防站再打电话。但那只是为了迷惑我而已。为什么他非要带着四盒值钱的东西离开荷兰？国际贩毒网的组织十分完善，他将会冒着被酋长的欧洲代理人追踪的危险，更不必说还有法国警方。"吉布提号"已经出发，这船正是属于酋长所有。只要手头有钱，又会说当地语言，隐匿在阿姆斯特丹这座城市里绝非下策。过一段时间，他大可在此地联络酋长的某个对头并将毒品脱手，然后再成功脱身。

米盖尔是个老滑头，很清楚如何在谎言里加入一点点实情，使其听起来令人信服，很可能会说服警方自己并不知道烟盒内藏有毒品。他手里有菲格尔的文件和阿克迈德的笔记本，能提供一长串人名和地址，令警方十分感激。他会讲述一大段故事，不过小心避免提及船屋、伊芙琳和我。他就停留在附近，因此一定会听到爆炸声，还会去现场看看那惨状，以为我也被炸死在里面，而他对此负有责任，于是自会守口如瓶，不愧是个狡黠的骗子。当他返回阿布街 53 号去取剩余的毒品时，不巧被伊芙琳撞见，这只是运气不好。如果他不去碰那些中年女友的珠宝首饰，没有因为不甚健全的心脏而元气大伤的话，将来仍有机会去圣乔治湾或是那不勒斯独自钓鱼。

前方有人说话，声音在寂静的街中显得格外响亮。在一盏街灯下，两名醉汉正与一个出租汽车司机争论不休。我走上前去，听见马达发动的声音，抬手示意一下，然后钻进车里。汽车开动起来，留下那两名醉汉站在路边继续叫嚷，音量很高，不过骂的话都是陈词滥调。

车子拐过街角时，司机说道："我并不介意他们喝醉酒。工休的时候，我也喜欢喝上几杯，但是他们不该冲我乱喊乱叫。你再说一遍门牌号是什么？"

我告诉了他，车子朝我的住处驶去。

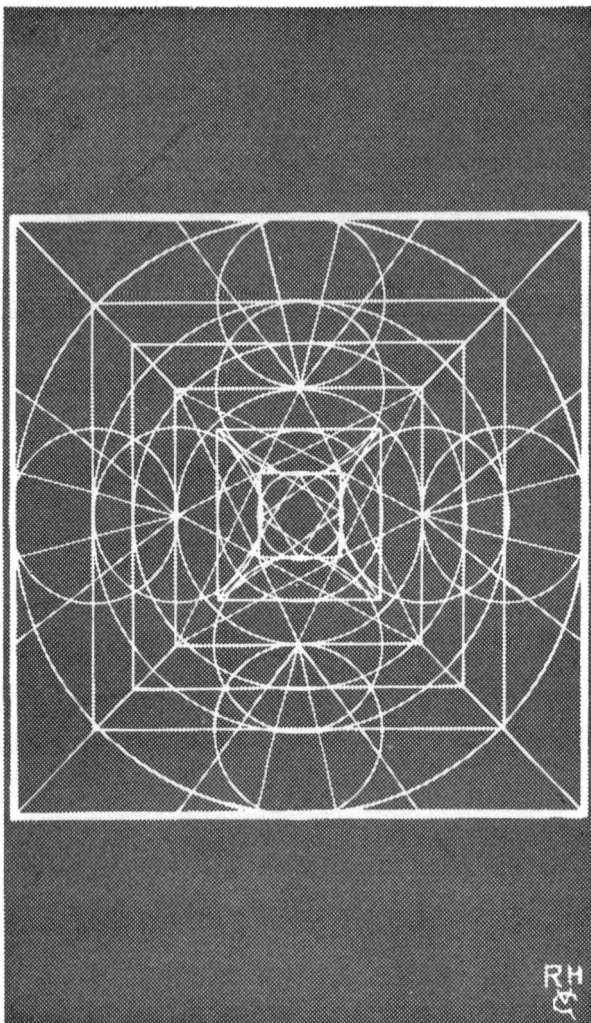

# 水坝广场的约会❶

我摸出自己的钥匙，打开熟悉的褐色前门。大厅里十分冰冷，墙上挂着一部电话机，我走到近前，翻看边角卷折的电话号码簿。果然不出我所料，尼瓦斯有限公司名列其中。此事想必没有问题，因为一个宿醉之人不会出门。我把号码抄在墙上，墙上已有很多电话号码和古里古怪的符号，都是房客们潦草写下的。

下一件事有点难度。大约两年前，阿姆斯特丹的一个医生给我写信，说是正在研究如何治疗吸毒成瘾者，由于我是查禁鸦片报告的作者，想询问一些其他细节。这封信写得非常客气，但我一直没有回复，如今已经想不起他的大名了。我抓起分类电话簿，扫过一长串医生的名单，忽然在神经科专家里认出了他的名字，顺手也写在墙上，然后走上楼去。我小心翼翼地踮着脚尖，劣质地毯已经脱毛，我不想惊动了房东老太太。作为房客，我很乐意拥有安静稳重的好名声。

我走入自己的房间，打开灯。两扇临街的窗户被墨绿色哔叽长窗帘遮住，屋里又冷又闷，我快步走到圆形火炉前，打开通气管的遮门，用力摇晃炉栅，直到几块发红的炭火落下来。我站在火炉前，背对着漆成大理石模样的木头烟囱。

我将两手深深插入雨衣的口袋，仔细环视四周。上过漆的廉价木制书桌，后面一把带垫子的扶手椅，皮面上有一道触目的裂痕，我曾打算修补一下，但是一直未果。一张窄小朴素的坐卧两用床，我在墙壁上方钉了一个木架，专为摆放闹钟和小收音机。用于煮茶和咖啡的煤气炉，还有从拍卖会中购入的一套书架，上面摆的书都是我一本一本买来的，但是无一具有长久的价值。衣橱过于硕大，这是房东太太从她已故的表亲那里得来的遗赠，或是从她姑姑那里？

在这个房间里，过去持续不断地出现，使得房间本身充满一种亲密的气氛。如今这些与过去的联系已被切断，于是变得空虚而无意义。我忽然浑身一竦，一定是在船上受了严重的风寒。一旦这屋里暖和起来，我就要脱去

---

❶ 章前图的构思来自于瑜伽哲学系统中最有造诣的神秘图案延陀罗（yantra），又称室利延陀罗（shri-yantra），参见海因里希·齐默（Heinrich Zimmer）所著的《印度艺术与文明中的神话和符号》（*Myths and Symbols of Indian Art and Civilization*，New York，1947）中的第 36 页。——原注

外衣，换上浴袍，在楼道的浴室里洗个长长的热水澡，然后把闹钟定到一点差一刻，接着上床躺下，可以美美睡上七个小时。

我确实洗了一个长长的热水澡，确实睡了一觉，整整七个小时没有做梦。但是闹钟响起时，我觉得头疼欲裂，全身也僵硬酸痛，以至于怀疑自己能否起床。几次挣扎之后，我终于坐了起来，打开收音机，从衣柜里取出药箱，脱去所有衣物，把座椅挪到烧热的炉子旁边，一边给身上的青紫伤处涂抹药膏，一边听着收音机里播放的新闻。当警方快报开始时，我停下手里的动作，凝神倾听。只听里面说道：

> 今天早晨，警方在一个名叫 M. F. 的阿根廷人的住处发现了大量非法毒品。此人住在港口区。这些毒品藏在哈瓦那雪茄里，单独包装在铝管内，共有四盒，每盒有五十支雪茄。这些毒品想必是属于一个外国走私组织，即将被运往中东。警察拘捕了 M. F. 并进行审问。

后面是一连串平常的盗窃案件。我留神细看自己疼痛的肋骨，似乎没有受重伤。我的体格相当强健，植田上尉也这么说过，他可不是一个说话不着边际的人。然而我的情感生活脆弱而混乱，毋宁说曾经脆弱而混乱。我再次竖起耳朵，播音员用惯常的亲切声音开始播报当地事故，我等待的消息很简短，却切中肯綮：

> 几小时前，停泊在新货运码头尽头处的一座船屋起火，并发生剧烈爆炸。虽然消防队很快赶到现场，仍是没能阻止整条船彻底烧毁。据称发生事故时船上并无一人，但是调查仍在继续。此船被登记在一个埃及人阿曼德·克劳斯纳医生的名下，此人目前下落不明。

播音员拼读出人名，然后要求这位克劳斯纳医生尽快与一家著名的保险公司联系。我满意地长出一口气，起身关掉收音机。

我迅速穿上衣服，出门下楼。房东太太正在给肉铺打电话，热烈地讨论某些事宜。她终于挂上电话，对我说晚上会有一顿可口的猪排饭，然后缓步走向厨房。我拨通了尼瓦斯有限公司的号码，客气地询问对方能否叫住在地下室的温特先生接听。过了一两分钟，听筒里传来伯特·温特的声音，严肃地询问谁在打电话。

"我是亨德里克斯。今天下午两点差一刻，我和伊芙琳在水坝广场有个约会，但是出了些岔子，我不能前去赴约，可否请你转告一下？你会在水坝广场的战争纪念碑前面看见她。时间是两点差一刻，请你告诉她我很抱歉，并祝她一切顺利。不不，她没有离开阿姆斯特丹。是的，她安然无恙，只是发现菲格尔是个卑鄙之徒，因此有一点情绪低落。带她去看这个医生……"我报出事先写在墙上的神经科医生的名字，伊芙琳自会明白，等到几年之后，她自可对伯特道出一切。"你说什么？哦，我曾在克劳德舞厅见过她一次。我姓亨德里克斯。是的，两点差一刻。如果两点钟她还没出现，请你给我打电话，好吗？"我告诉他自己的电话号码，然后挂上话筒。

在此之后，我又给办公室打了个电话。现在已被消解，未来已被否定，但是日常生活仍得继续。我对负责人说自己今天得了重感冒，不过下午晚些时间会争取上班。

我上楼走回自己的房间，和衣躺下，打开收音机，音量开得很小，里面传出动听的音乐，我侧耳倾听，头脑中一片空白。两点一刻时，表演结束了，我关掉收音机。伯特没有来电话，于是我的表演也结束了。

我站起身来，给水壶里灌满水，然后把它放在煤气炉上。等待水烧开时，我悻悻地注视着挂在墙上的油画。那是一张静物，手法拙劣，花瓶里插满了过于鲜艳的花朵，然而花瓶并不符合透视原理。我讨厌这东西，但是从没勇气要求房东把它摘掉，因为这是与那庞大的橱柜一起接受的遗赠，从她已故的表亲或是姑姑手里。

我告诉自己先沏一杯浓茶，再烤几片面包，仿佛是在告诉别人做这些事。我沏茶烤面包，或是别人沏茶烤面包，又有什么要紧呢？真的没有多少分别，因为我并非真实存在着。一个与过去切断联系、消解现在，又否定未来的男人，事实上已经不存在了。这一点推理完全没有问题，但是我有问题，一种可怕的空虚感从心底油然而生。

突然，我看见自己站在煤气炉前，两手交握在背后，肩膀微弓，伸头朝前。不，这不是我，而是植田上尉，他站在我的面前，正在等待，等待我从富士山顶下去，并且可以一直等待。如今我可以嘲笑他，嘲笑这个戴着大眼镜的小个子男人。告诉他我不会下去，永远不会。我已经登上山顶，我要永远在这冰冷的高处，呼吸这纯净的、凝滞的空气。就在那时，奇怪的事情发生了。就在我对他说出这话的一瞬间，我忽然明白自己说的并非真实，其实我想要下山，想要离开山顶，回到他那里去。但是我看不见植田，他已经离去。如今我独自一人，独自一人在这永恒的白雪中，最后的感觉就是完全孤独。如今我整个人即将消失，即将融入蔚蓝而寂静的空气中去，我理应就此消失，不复存在。

　　　　　　　　　　　　天赐之日

我感到恐惧，我想要下去。我想要下去，奔向被我吊死的植田，被我焚烧的菲格尔、阿克迈德和莫克塔。在我的身体消散之前，我想要不顾一切地下山奔向他们，因为我不想这么孤独。我想要存在，想要分享他们的痛苦与困惑，因为我就是他们，他们就是我。我一心想要和他们在一起，我之所以是我，他们是唯一切实的证明。没有他们，我也就消失了。

就在这时，我感到永恒的白雪开始融化。

四周越来越热，热气使得积雪融化升腾，扑向我的面颊。坚硬蔚蓝的天空变成一片模糊而宜人的浅灰色。我睁开两眼，长长地出了一口气。我弯腰站在水壶前，两手抵在墙上藉以支撑，上方是手法拙劣的静物画，画着过于鲜艳的花朵与不符合透视原理的花瓶。从水壶里冒出的蒸汽不断喷在我的脸上。

我退后几步，忽然微微一笑。我，约翰·亨德里克斯，终于击败了植田森贞上尉，而且永远击败了他，因为我从他身上看出了自己，确认了自己。一股深切而谦卑的感激之情温暖地充溢着我的全身。

如今我将要万分小心地继续前行，一步一步走下去，免得再度失去这令人难以置信的赐予之物。我还是小心一些，姑且引用植田说过的话。植田年轻时，曾经在京都达到过冰冷的巅峰，获得过完全的超然，比我早了很多年，今天早上，我刚刚在船屋里达到了这一境界。这种超然态度可以称之为空，对于所有目标和欲望的空。但是在此之后，植田停滞不前，迷惑于下一步该如何继续，其实也是最后一步，他始终没能找到答案。然而这答案是如此简单，所有经书里都说得很明白：完全超脱于世界之后，随之而来的必定是完全的再度认同，可以称之为悲悯。空与悲悯❶，这两个关键词，植田虽然知道得一清二楚，但是没能理解，正如我知道自己世界里的关键词却从不理解一样。京都的禅宗❷师父发觉植田找不到终极答案，就命令

---

❶ "空"（梵文为 Shunyata）与"悲悯"（梵文为 Karuna）是密宗的两个关键词，是大乘佛教的终极阶段，禅宗在中国创立时，受其影响极大。"空"被描述为"无上正等正觉"的静止消极的状态，它将开悟之人与世间苦难分隔开来，"悲悯"则是使人重新与世界和一切生灵自我确认的动态积极的冲动。——原注

❷ 禅是中印和日本思想中的一朵奇葩，常常被当作一种宗教或哲学体系。它并不是宗教，也不是哲学，而是一种达到拯救的方法——这种方法不能从书本上学到，只能从生活本身学到，突然达到顿悟（日语为 satori），一个终极真实的新世界从此觉醒，所有价值都被彻底改变。依照规则，这种独一无二的体验只能发生在一个人身上。然而禅师可以通过给弟子出难题来帮助他们，通常被称为"公案"（日语为 koan）。此书中提到的"富士山顶的白雪"就是一个公案。究其根本，禅是一种修行的方法，是一种普遍的应用。在此书中，它是一道桥梁，让主人公由此回归了自身基督教的信条。1955 年出版于伦敦的阿伦·沃茨《禅之精神》一书中，对禅有着精彩的介绍。——原注

他离去。但是这答案却赐予了我，在 2 月 29 日，在这天赐的一日里，赐予了我这个一心想要离去，却被允许再度返回的人。

公约数已经放在我的手中，如今我敢于接近基督教世界里的说法了。这些说法非常熟悉，以至于我们都认为理所当然，甚至在日常辩论中滥用它们。虽然我们知道这些名词，但是要理解它们的全部含义却非常困难。我惊异于无尽的悲悯施于我们这些从不值得、以后也永远不会值得的人类，因为从远古时候起，我们就一直在滥用和浪费所有给与我们的东西，甚至叫喊着索要更多。令人吃惊的是，我们居然被允许生存至今，这本身就是不配领受的恩惠，也是无可辩驳的仁慈。这仁慈如此势不可挡、无处不在，以至于即使它轻轻一瞥，也足以使我们分享信仰的恩惠。

艾菲，莉娜，原谅我吧。原谅我当你们在世时，对你们爱得不够，并且一直试图把你们从如今所在的地方拖下来，拖到我完全自私的忧虑之中。还有你，扑扑，原谅我希望你永远留在我的身边，甚至警告你绝不要离开自己的家。原谅我，因为我已被原谅，作为一种完全不配领受的恩惠，那些被切断的过去、被消解的现在和被否定的未来业已归还给我。

我关上煤气炉，走到窗前，拉开窗帘，看见冬日正午惨白的阳光正照耀着灰色的街道和房屋，使其变为柔和的米黄色，听见孩童在路边嬉笑玩耍，两个少女手拉手走过时大声说话，在街角某处，管风琴正奏出一首已被我遗忘的乐曲。我是这一切之中的一部分，这个生机勃勃的城市里的一员。我爱这座城市，在这里，我将永远不会再感到孤单。

高罗佩

1963 年 1 月，海牙

# 后记

　　高罗佩博士为世人所知，主要是由于他的"中国"小说，即以中国唐代的一位县令狄仁杰为主角的十七册短篇或长篇惊险小说❶。高罗佩生于 1910 年，卒于 1967 年，是一位国际知名的汉学家。他曾就读于莱顿大学和乌特勒支大学，二十四岁时就以论文《马头明王古今诸说源流考》获得了东方文学博士，并被评为优等，一位最不寻常的学者从此出现。他精通多种古今语言，对法律、医学、音乐、艺术、历史以及奇异事物都怀有兴趣。学者们常常聚集在大学里，长年埋头书案，高罗佩却更愿意行走四方。后来，他成为一名外交官，代表荷兰在东非、埃及、印度、中国、美国、黎巴嫩、马来亚（如今的马来西亚）任职，职业生涯的起始和终结都在日本。他生于荷兰，逝于荷兰，其间也曾在荷兰生活过，先是中学和大学时期，后来是作为高级官员在外交部任职期间。

　　我们细细品味他的作品时，会猜测他的主要兴趣是中国和有关中国的事情。狄公案系列小说取材于指导朝廷判官的中国古代典籍，是精心重建的生动历史杰作。这一系列小说由美国芝加哥大学出版并成为教材，其中自有理由。这些书是如此引人入胜，以至于诞生三十年后，全集如今依然出现在大多数商业书店里。

在一次外交官云集的鸡尾酒会上，高罗佩感到兴味索然，与几个爱好文学的朋友退居一隅，有人听见他说："我就是狄公。"或许确实如此。这个身材高大、肩膀宽阔的外国人，看上去多少有些"像一个知识界的海盗"——据他的同时代人声称。中国学者将他看作是轮回转世的中国文人，并不计较他浓重的荷兰口音，叫他高罗佩，这一笔名后来被他用在许多有关中国的作品里。

我们每个人都戴着不同的面具。在希腊语中，"面具"一词是 *persona*。我们越是进化，能够用来掩饰自己的面具就越多。高罗佩在贝鲁特大学担任客座教授时，也呈现出一个阿拉伯人格，并掌握了阿拉伯语。他学习《古兰经》，乐意与长须飘飘、学识渊博、注重精神生活的酋长们为伴，在集市中漫步，听着咖啡馆阳台上的闲话。当他乐意的时候，还会找到一家小型印刷铺，把自己写的东西

---

**❶** 此处所说的十七册，除了高罗佩自行创作的小说之外，还包括他将清末公案小说《武则天四大奇案》前三十回译成英文后出版的《狄公案》（*Dee Goong An*）。

印出来（他喜欢两手沾上油墨）。

为了拥有更多时间，他睡得很少，白天工作观察，晚上学习研究。

在中国和日本，高罗佩致力于参悟禅宗与道教的秘密，远离清修生活的限制和贪婪的宗教领袖们的无知闲谈。在美国，他走访图书馆和博物馆，从这个强大而有序的国家积累的巨大财富中受益。在马来亚，他四处旅行。在印度，他消失了几周，忙于处理半私人的事务，惹得才具稍逊的上司大为恼火。

在高罗佩的作品中，有关于中国七弦琴的（他自己弹奏），关于长臂猿的（他自己饲养），关于中国书画艺术的（他自己收藏并实践），还有关于中国古代性生活的（据说是通过文学和艺术）。他的主要作品已由一些著名大学的出版社出版。

他在那些古色古香、设备简陋的铺子里自行出版过什么呢？装订齐整、被他用来作为新年礼物的短篇小说，送给特殊朋友的色情故事，分赠给图书馆的随笔，还有一部完整的长篇小说《天赐之日》。

在高罗佩的大量著作中，《天赐之日》是罕见的一本，其中涉及他本人性格中罕见的一面，即荷兰人的特质，由其亲生父母的基因而产生，是他的多面性格中较为次要的一部分。对于小说中的亨德里克斯，高罗佩表现出强烈的认同。

1964 年，高罗佩写作并出版了这部以阿姆斯特丹为背景的小说，三年后与世长辞。❶ 此书的英文本在吉隆坡私人出版。他曾经担任荷兰驻马来亚大使，有望继续升迁。当他离世时，正担任荷兰驻日本大使，这一职位在当今外交界被人十分看重——日本难道不是东西方共同发展中的重要因素吗？但是就在不久前，日本不也曾是邪恶的来源吗？第二次世界大战爆发时，高罗佩身在日本，目睹了偷袭珍珠港造成的影响，经历过腐蚀日本人的法西斯主义的膨胀，然后撤离到中国，在重庆时，日军飞机不断轰炸城市、射击平民。日本人造成的破坏每天都出现在他的生活里，长达数年之久，在此期间，几乎不能办公。他忙于钻入防空洞躲避空袭，身上穿着中国式的长袍，因为他的衣物都被烧毁殆尽。当他不是外交官的时候，就变成了东方学者，整理中国纸张的样本，研究书画。饶是如此，在他的思想里仍存在另一面：他仍是一个荷兰人。

荷兰人在荷属东印度遭受折磨，入侵者将他们从超人变为奴隶，在集中营里被呼来喝去，不停地受到羞辱。

---

❶ 此书写于 1963 年，高罗佩先生去世于 1967 年。

高罗佩也可能被关在那里，就像他的亲戚朋友一样。早在孩童时期，他曾在爪哇居住过八年，学习马来语、爪哇语和中文，在小学里完善荷兰语。

亨德里克斯是谁？他更像是战后荷兰常见的一个典型人物。他生于低地，这里曾经是毗邻北海的沼泽，由于筑造堤坝而变得安全。他受到教育，被培养成一个殖民地官员，在热带地区努力追求事业，后来失去了一切，被遣返回国，生活在灰暗的绝望之中。高罗佩将这一人物推向极致。这个可怜人失去了家庭，甚至失去了爱人，连同对未来的所有希望。每天早上，他能让自己起床，促使自己进行一天沉闷的工作，没有屈从于"荷兰杜松子酒"的毁灭性慰藉，也没有屈从于女人的佯装多情（在每个城市里，在霓虹灯闪烁的窗户后面，她们花枝招展、搔首弄姿），这本身就是一个奇迹。

即使在最软弱的方面，高罗佩也是一个满怀希望的人，因为他给了男主人公一条潜在的出路，一个东方赠予西方的伟大礼物：达到超然的境界。亨德里克斯并不知道什么将会来临，但是通过这部小说建立了可能性。

大多数人在生活的某些方面取得了胜利，在其他方面遭遇了失败。高罗佩基本是一个胜利者。作为外交官，他升至一个重要国家的大使之位。作为学者，他赢得了国际性的认可，著名学府欢迎他前去讲学。在许多领域里，他成为权威人士，受到同行的称许。作为小说家，他获得了广泛的赞誉。狄公案系列小说的中文本和日文本都很畅销，证明了他的作品具有突出的真实性，各国出版社的书评也表现出积极而肯定的态度。无论走到何处，他都是引人注目，受人尊敬。大使阁下坐在司机驾驶的豪华轿车里，身穿辉煌耀眼的礼服，被女王授予爵士头衔，领着免税的薪金，住在宫殿式的房屋里，有四个聪明开朗的子女，我们的主角还希求什么呢？

但是亨德里克斯仍然存在。居住在海牙时，高罗佩有时会走过冰冷潮湿的街道，在没人认得他的廉价咖啡馆里喝着杜松子酒。可能只在某些零星的时刻，亨德里克斯才会出现，不过此事仍会发生在我们所有人身上。我们变成了环境的一部分，面对命运，面对过去的集体行为的结果，而现在正是建立在过去的基础之上。就像个人行为造成的个人结果一样，集体命运也会引起许多痛苦，并且这种痛苦无法回避。亨德里克斯失去了事业和家庭，只留下一个汗水涔涔的躯体，外面裹着湿透的雨衣，每天会有几杯杜松子酒发出短暂的闪光，在冷漠的人群中匆匆醉饮。如果高罗佩变为另一个亨德里克斯，将会如何？此事很容易发生，而且确实发生在一些他从二三十年代就相知相识的同龄人身上。他会不会也屈从于国家和个人的灾难，变成一个几乎被遗弃的人，勉强过着毫无价值的生活呢？一个失败者还会有生活目标吗？还会汲取教训、使灵魂再度振翅翱翔吗？

高罗佩接受了这个挑战，写出了这部似乎与其他作品完全格格不入的小说。

《天赐之日》可以被看作是另一部惊险小说。故事发展的节奏很快；其中有许多坏人，有些遭遇到令人吃惊的恶果，其余的则落入法网。我们遇到了女人性感的魅力，经历了色情背景下一连串的机智追踪，好人最终赢得胜利。但是他果真胜利了吗？当亨德里克斯准备重新开始的时候，他跨越了终点，只是仍旧身居陋室，体魄已不复强健，还得继续从事枯燥无味的工作。如果命运并无改善，怎么能说一个人赢得了胜利呢？我们西方人必须有所得到，如果没有得到，就是失败。所以亨德里克斯失败了。

但是他果真失败了吗？在高罗佩生活的年代里，西方人几乎不曾听说过"公案"，这种由禅师提出的非逻辑性的问题，为的是刺穿西方人在现实中早已习以为常的二元性。折磨亨德里克斯的日本宪兵军官提出问题："富士山顶的白雪融化了。"听去多么可笑，永恒的积雪怎么会消失呢？

现代心理学如今正在研究巅峰体验，突破自我中心而走向宁静遥远的终极目标，以及取代自我的终极快乐，然而当年还无人听说过。

如果命运不曾击垮亨德里克斯的无知与抵触，他也不会听说这些。在集中营里，他没能解开这一公案，曾经学禅的恶魔也没能解开。作为一个被判处绞刑的战犯，恶魔在临终前将这一难题交给自己的受害者。亨德里克斯继续寻求答案。他已学会了给与而不是索取，在爪哇，他失去了安逸和自由，不得不放弃很多。在获得自由之后，他重又开始索取了吗？不，他变得超然中立，等待并观望命运还会有什么变数。当出现其他选择而且胜利在望时，他朝后退却，赢得了内心的平静。

《天赐之日》还有另一个层面。在虽未发生却可以设想的环境下，高罗佩进行自我测试。他不再隐藏于自己创作的另一个主人公的面具之后，即著名的狄公。此人生活在唐代，经历过宦海沉浮后，成为朝廷中的一名重臣，对武后暴戾乖张的统治予以匡正，使得天下百姓能够安居乐业。与此同时，高罗佩还放下了其他面具，包括身份显赫的外交官、知名学者和畅销小说家。

《天赐之日》使得荷兰评论界大吃一惊，大多数评论家出言甚苛。他们不理解作者究竟用意何在，就恶狠狠地将此书抛进了垃圾堆。

高罗佩因患肺癌而去世。在写作《天赐之日》时，这一绝症已经损害了他的健康，因此书中的亨德里克斯也不时咳嗽颤抖。高罗佩推迟了进行自我分析的最后努力，但已时日无多。从这本小说里可以看出他不再着力于细节描写，而这一点在其他书中非常明显。他甚至改变了插图的风格，选用抽象的线条画而并非源自中国明代的白描画，后者对他影响颇久。他还运用了关于《古兰经》的知识，提炼出阿拉伯人的思想，以此使得亨德里克斯的对头们跃然纸上。


我把此书手稿的复制品分发给几位美国朋友，结果他们大失所望。他们想要看到另一个中国惊险故事，才智超群的判官铲除邪恶，身边还有几个招人喜爱的助手，这些人物代表着现实积极的态度的多个侧面，而正是这种态度使得中国延续了四千多年。这便是习惯的力量，从来不曾改变，一旦我们看到自己欣赏的东西，就会要求无穷无尽的重复。但是，艺术发展的主题是变化。毕加索画了很多年，然后尝试去烧制陶罐。吉莱斯皮放弃了传统爵士乐风格，转向博普爵士乐。我们自己也是如此，可能沿着一个上天赐予的、成功的方向前行很多年，直到危机使得我们改弦更张。我们之后所做的事，可能不易被人理解，或是不易被人欣赏。

高罗佩改变风格，但是仍然保留了以前的某些动机。在狄公案系列小说中，也曾出现过禅宗公案，但是高罗佩从未像在《天赐之日》中这样彻底地予以解决。亨德里克斯将热水倒进茶壶里，于是富士山顶的冰雪融化了。他融化了自己的外壳，领悟到人类问题的答案。为何如此？没有原因。如何做到？尽力而为。

从高罗佩的"常规"侦探小说的隐蔽角落与罅隙中，狄公也看到了这一点。他撕开由儒家行为规范织成的思想上的紧身衣，不想接受佛教的含糊与道教的否定，坚信秩序，憎恶不切实际的哲学，但是他也有软弱的时刻。在《漆屏案》中，高罗佩引用了一首佛诗，让狄公诵读并表示赞赏：

> 生即悲苦，
> 存亦悲苦，
> 死去不复生，
> 方可离悲苦。

悲伤吗？即使狄公也不这么认为，因为如果从长远的角度来看，在此死去的只是私我，是存在局限与束缚的角度，让我们以为一切将会如此发展，正如亨德里克斯沏茶时，死去的是他的私我。

除了目前这一数量非常有限的版本之外，此书再无印行，而且不像高罗佩的其他小说那样被译成多种文字。曾经出版的荷文本很快便消失在毁灭性的评论中。英文本曾在马来亚私人印制过，从未广泛发行。如今这三百册可以使得某些高罗佩作品集更加完整，作为稀有物，或许有朝一日会卖出高价。

这些其实无关紧要。更为有趣的是，对此书的匆匆一瞥，让我们得以洞察一个特殊人物的发展变化。

美国波士顿大学缪加尔图书馆（Mugar Library）收藏有高罗佩留下的文稿资料。其中一只蓝色硬纸盒里，有很多首译成英文的中日诗歌。

当我死去时
谁会为我伤心？
或许只有黑色的山鸦
将在我冰冷的骨灰旁跳个不停。
但是山鸦并不会真正伤心，
它们只是遗憾
没能吃到存放在祭坛里的供品。

或许乌鸦也不会失望，如果它们能利用高罗佩另一首译诗中的暗示——非此即彼的强制选择也隐藏着罅隙，如果它们能够穿越这罅隙的话。

> 不可说"道"存在
> 不可说"道"不存在
> 但你可以在静默中找到它
> 当你不再为大事萦怀。

扬威廉·范德魏特灵

1983 年冬，美国缅因州

# 译后记

　　《天赐之日》是高罗佩先生创作的唯一一部以荷兰阿姆斯特丹为背景的侦探小说。1963 年，此书的荷文本由荷兰范胡维出版社出版，书名 *Een Gegeven Dag*；1964 年，英文本由马来西亚吉隆坡的艺术印刷社（Art Printing Works）出版，书名 *The Given Day*。1984 年 4 月，美国丹尼斯·麦克米兰出版社（Dennis McMillan Publications）推出美国初版，限量发行 300 册，1986 年又推出平装本。

　　本书主人公约翰·亨德里克斯在二战期间的遭遇，有一部分似是来自于高公友人查尔斯·鲍克瑟（Charles R. Boxer，1904—2000）的经历。鲍克瑟是一位研究荷兰、葡萄牙殖民史的英国学者，早年投身军界，1930 年被派往日本，1936 年转去香港，为英国从事谍报工作，曾在上海慕名拜访过美国女作家项美丽（Emily Hahn，1905—1997）。1939 年 6 月，项美丽也前往香港，与鲍克瑟夫妇常有往还。太平洋战争爆发后，鲍克瑟之妻移居澳大利亚避乱，鲍克瑟与项美丽后来成为情人。1941 年 10

月，项美丽生下一女，12 月香港沦陷，鲍克瑟被日本宪兵逮捕并投入战俘集中营，因受刑而导致左臂伤残。项美丽执意留在香港，以邵洵美之妻的身份躲过搜捕，一边艰难度日，一边设法周济鲍克瑟及其狱中难友，直到 1943 年 11 月携女返回美国。1945 年日本战败，鲍克瑟终于获得自由，同年 11 月与项美丽母女团聚，二人结为夫妻。

亨德里克斯的小女儿扑扑的名字亦有来历。1962 年，高罗佩先生担任荷兰驻马来亚（今马来西亚）大使时，曾养过一只幼小的长臂猿，起名为扑扑。同年 7 月，高罗佩全家在马来西亚迪克逊港度假时，扑扑因患肺炎而死去，令高罗佩十分悲伤。后来他用荷文写成一篇由黑猿引起的故事《四指案》（*Vier Vingers*），1964 年 2 月作为荷兰第 29 届图书周的礼品书发行，正文前的题词是"献给我的好友长臂猿扑扑，1962 年 7 月 12 日病逝于马来西亚迪克逊港"。❶ 其英文本更名为《晨之猿》（*The Morning of the Monkey*），收在 1965 年出版的《猴与虎》（*The Monkey and the Tiger*）一书中。

第一章中提到的"警察行动"，指的是二战结束后发

---

❶ ［荷兰］C. D. 巴克曼、H. 德弗里斯 著，施辉业 译：《大汉学家高罗佩传》，海南出版社，2011 年，第 241 页。

生在印度尼西亚的战事。1947年7月，荷兰驻军在印尼全境发起进攻，称其为恢复殖民地秩序的"警察行动"。印尼共和军放弃了城市，在农村地区开展游击战。1948年12月，荷兰驻军再次进攻，称为"乌鸦行动"。荷兰政府虽然试图重新建立政权，但是面对国际舆论的谴责和巨大的战争消耗，于1949年1月宣布停火，并于同年12月承认印尼独立。第三章中日本宪兵上尉植田曾经学禅的经历，或许可以从美国文化人类学家鲁思·本尼迪克特的名作《菊与刀》中找到一些佐证。此书出版于1946年，是作者在二战临近结束时接受美国政府委托，运用文化人类学方法对日本进行研究后所作的综合报告，分析与揭示了日本人的矛盾性格，至今仍具有参考价值。在第十一章中有如下文字："事实上，正是武士把禅宗当做了自己的信仰。任何地方都很难发现像日本这样用神秘主义的修行法来训练武士单骑作战，而不是靠它来追求神秘的体验。日本从禅宗开始发生影响之时起就一直如此。十二世纪，日本禅宗开山鼻祖荣西的巨著就取名《兴禅护国论》，而且禅宗训练了武士、政治家、剑术家和大学生，以求达到相当世俗的目标。正如查尔斯·埃利奥特爵士所说，中国禅宗史上毫无迹象会使人想到他日禅宗传到日本竟成为军事训练的手段。……禅师们所传授的传统训练，在于教给弟

子如何求'真知'以达到顿悟。训练既有肉体的，也有精神的，不论是哪一种，最后都必须在内心意识中确得效果。"❶

本书中关于阿拉伯的内容，想来与高罗佩先生本人的经历不无关系。1956年至1959年期间，他曾受命担任荷兰驻中东公使，在黎巴嫩贝鲁特生活了三年，对阿拉伯世界的语言、文化、宗教及风土人情颇多了解。除此之外，书中还有探讨禅宗及公案的部分。由于译者对佛学和伊斯兰教知之甚浅，因此只能在翻译时力求做到字面准确，如有舛错或未尽之处，还望方家批评指正。

本书后记采用极富文学性的笔调，介绍了《天赐之日》的创作背景与出版历程，非常值得一读。其作者扬威廉·范德魏特灵也是一位荷兰作家，曾为1979年荷文本狄公案小说全集撰写过所有导言，并著有传记《高罗佩：其人其书》（*Robert van Gulik: His Life，His Work*），以高公的重要作品为线索，简要地勾勒出他一生思想、研究与创作的发展轨迹。

在此特别感谢尹佩雄先生。身为高公作品的忠实爱

---

❶ ［美］鲁思·本尼迪克特著，吕万和、熊达云、王智新译：《菊与刀》，商务印书馆，1990年，第167、169页。

好者，尹先生多年致力于版本收藏活动，曾与扬威廉·范德魏特灵有过交往，应邀为1998年《高罗佩：其人其书》英文修订版撰写导言，2013年参加过在上海师范大学举办的"高罗佩与中国文化"国际学术研讨会。有幸结识之后，尹先生不但提供了多种有关高罗佩生平著述的宝贵资料，还慷慨赠予一册1984年限量发行的《天赐之日》珍本，内附范德魏特灵亲笔签名，近期又拨冗审阅此书的中译稿，提出许多修订意见，令译者受益匪浅。由于对高罗佩及其狄公案小说的热爱，再加上互联网所提供的前所未有的便利条件，使得身居各国各地的同道中人竟能彼此建立联系，并互相交流探讨，实为一段不可思议的奇妙机缘，更是弥足珍贵的人生经历。

张凌

2022年1月

Robert van Gulik
**The Given Day**
根据 Dennis McMillan 1986 年版译出

**图书在版编目(CIP)数据**

天赐之日 /（荷）高罗佩著；张凌译. —上海：
上海译文出版社,2023.3
　书名原文：The Given Day
　ISBN　978 - 7 - 5327 - 9142 - 2

　Ⅰ.①天… 　Ⅱ.①高… 　②张… 　Ⅲ.①侦探小说-荷
兰-现代 　Ⅳ.①I563.45

中国国家版本馆 CIP 数据核字(2023)第 030596 号

**天赐之日**

［荷兰］高罗佩 　著 　张凌 　译
责任编辑/顾真 　装帧设计/张志全工作室

上海译文出版社有限公司出版、发行
网址：www.yiwen.com.cn
201101 　上海市闵行区号景路 159 弄 B 座
上海景条印刷有限公司印刷

开本 889×1194 　1/32 　印张 5.75 　插页 2 　字数 76,000
2023 年 4 月第 1 版 　2023 年 4 月第 1 次印刷
印数：0,001—7,000 册

ISBN 978 - 7 - 5327 - 9142 - 2/I • 5684
定价：45.00 元